Uwe Pettenberg

# AM ENDE. LIEBE.

Systemische Erzählung

SHEEMA

Uwe Pettenberg

# AM ENDE. LIEBE.

Systemische Erzählung

**Bibliografische Information der Deutschen Bibliothek**
Die Deutsche Bibliothek verzeichnet diese Publikation in der Deutschen Nationalbibliothek; detaillierte Daten sind im Internet über http://dnb.ddb.de abrufbar.

1. Auflage 2017
Originalausgabe

Inh.: Cornelia Linder, Hirnsbergerstr. 52, D - 83093 Antwort
Tel.: +49 (0)8053 – 7992952, Fax: +49 (0)8053 – 7992953
http://www.sheema-verlag.de


ISBN 978-3-931560-53-9

**Coverzeichnung:** © Uwe Pettenberg
**Autorenfoto:** © Jens Wegener
**Umschlaggestaltung:** Sheema Medien Verlag, Schmucker-digital,
**Gesamtkonzeption:** Sheema Medien Verlag, Cornelia Linder
**Druck und Bindung:** FINIDR, s.r.o., Český Těšín

# Gerade jetzt. Er.

Hell. Berührend: Alles ist da. Es fühlt sich gut an. Einfach nur gut. In diesem Moment gibt es nichts, aber auch gar nichts mehr zu tun. Und damit ist er einzigartig und anders als alle bisher Dagewesenen. Friedlich wird es um mich. Ich fühle nichts mehr, weil ich endlich alles fühlen kann. Unfassbar. Schön. Übermächtig. Ich kann über alles hinausblicken und fühle mich verbunden. Nie mehr gebunden. Wenn ich das einmal vorher gewusst hätte. Was hätte ich alles anders machen können? Aber diese Gedanken verfliegen so schnell, wie sie aufgetaucht sind. Fliegen. Damit könnte man dieses Gefühl beschreiben. Es ist anders als alles andere. Nichts kann mich jetzt noch unberührt lassen, weil ich mit allem berührt bin. Das Licht. Die Magie. Die Verbindung. Zum Sterben schön ...

# Verdammt lange her. Er.

Woher ich das alles habe? Diese Gedanken über mich und das Leben? Kann ich genau sagen: Mutter ist aus dem Fenster gefallen. So stand es im Polizeibericht. Natürlich war davor etwas. Depression. Nie dachte ich, dass ich jemals erfahren müsste, was eine Depression ist. Irrtum. „Depression", so der Facharzt meiner Mutter, „ist ein existenzieller Konflikt." Na Klasse. Da fühlt sich ein Mensch in seiner Existenz bedroht, obwohl er doch existent ist. Er müsste sich ja nur mal kneifen. Aber so einfach ist das nicht. Denn wenn es nicht gut läuft, passieren Dinge, die nicht passieren sollten. So auch bei uns. Mutter ging es immer schlechter. Mit meinem Vater. Wahrscheinlich. Aber wer weiß das schon. Denn Mutter hatte auch schon mit ihrem Vater mächtig Probleme. Und manches Mal dachte ich auch, alles hat mit mir zu tun. War ich ihr als Kind zu viel? Ging ich meiner eigenen Mutter auf den Keks? Ich weiß es bis heute nicht. Auf alle Fälle hatte sie an diesem Nachmittag von allem zu viel. Von Tabletten. Von Alkohol. Vom Leben. Und nachdem sich diese Summe ungünstiger Eckdaten ziemlich schlecht kombinieren lässt, sprang sie aus dem Fenster. Auch das hatte Folgen. Erster Stock. Sechs Wochen Krankenhaus. Siebzehn Knochenbrüche. Eine Scheidung. Eine lange Reise nach ... Ich weiß es nicht mehr wirklich. Weit, weit weg. Das nimmt kein gutes Ende.

Nach diesem tragischen Wiedereintritt in die Lebensumlaufbahn beschloss meine Mutter, uns, also in erster Linie mich, zu verlassen. Dort, weit, weit weg, wollte sie die neue Freiheit gewinnen. Bei einem Guru. Ich denke heute, das ist so etwas wie ein Überpapa, eben Vaterersatz. Wenn es mit dem eigenen Alten nicht klappt, dann findet sich hier bestimmt etwas. Ja, ich bin verärgert. Viele pilgerten gerade dorthin, allen voran Therapeuten. Und wie sagte meine Großmutter immer: „Wenn die Menschen selbst nicht durchblicken, werden sie Psychotherapeuten!“ Und genau mit solchen Volltonnen, die ihr Leben selbst nicht in den Griff bekamen, wollte meine Mutter frei sein. Von was, frage ich mich. Mutter meinte nur, ich sei jetzt alt genug, mein Vater wäre ja auch noch da und er hatte sich ja auch scheiden lassen, dann solle er mal schön die Verantwortung übernehmen. Das war kein guter Anfang.

Ich war alleine. Bis auf die bunten Postkarten, die alle sechs Wochen Bilder einer herrlichen Südseeinsel zeigten und auf denen meine Mutter mir versicherte, dass es ihr gut ginge und ich mich hoffentlich auch gut um mich kümmerte. So war das. Punkt.

# Neunzehnhundertdreiundsiebzig. Er.

Genau betrachtet ist es ein Tag wie jeder andere. Dass jedoch genau dies das Besondere an diesem Tag, wie auch an allen anderen, sein sollte, begreife ich erst viel später. Denn ganz besondere Tage zeichnen sich durch eine ganz banale Einfachheit aus: den Tag wahrhaftig und wirklich selbst erlebt zu haben und zwar bewusst und intensiv. Es gibt sie wirklich, die spannende Aneinanderreihung außergewöhnlicher Tage.

Mein Leben wird langsam zur Qual. Angst und Vorsorge. Fragen nach dem Tun und der Sinnhaftigkeit im Leben. Es wirkt gleichförmig und anstrengend und schmeckt bestenfalls nach Mottenpulver. Um diesem schmerzlichen Gefühl zu entgehen, träume ich mich regelrecht aus dem Leben. Ja, feige herausgestohlen und mich damit um dasselbige beraubt. Ernüchternd! Ich sterbe in meinen noch relativ jungen Jahren, begraben wird man mich aber erst mit neunzig. Nicht gut.

Es geht auch anders. Irgendwie beginnt „es“ an diesem Regentag. Und wie so oft, trübt dies bereits am Morgen meine Stimmung ziemlich. Kellerstimmung. Das Schlafzimmer riecht abgestanden – wie mein Leben. Die klapprigen Holzfensterläden sind noch verschlossen, trotzdem kann ich die Gleichförmigkeit des Dauerregens durch die schmalen

Schlitze erahnen. Die Pseudomotivation, also die neuerdings populär propagierte Auffassung, in allem etwas Gutes sehen zu müssen, regt mich allein schon in meinem Kopf auf. Nach diesem „Ich-finde-heute-mal-alles-gut-Syndrom“ müsste ich mich an einem verregneten Sommertag darüber freuen, meinen Rasen nicht gießen zu müssen und damit Zeit zu sparen. Doch es scheitert schon daran, dass ich gar keinen Rasen habe, weil ich auch keinen Garten besitze. Und manchmal scheint es mir, dass ich genau darunter leide: Ich habe einfach nicht das, was ich mir wünsche. Ich bin permanent im Mangel. Nicht, dass ein Garten das Allerwichtigste im Leben gewesen wäre, aber ein kräftiger Rasen verkörpert für mich Natur – und Natur ist Manneskraft. Und überhaupt, zu einem ordentlichen Rasen gehört eigentlich auch ein ebenso ordentliches Haus. Was immer ein ordentliches Haus auch sein mag. In jedem Falle gäbe es darin eine Familie. Und genau diese Familie hätte ich gerne gehabt. Vaterkraft. Doch an diesem Morgen will ich nicht weiter darüber nachdenken. Das macht für mich doch alles keinen Sinn. Mist, das kühle Nass da draußen ist schon schlimm genug, warum dann noch über meine Mangelerscheinungen sinnieren?

Ich grüble aber doch. Logisch. Wieder einmal. Oder doch immer noch? Denn so war das: Auch wenn ich etwas nicht wollte, trat es ein. Besonders Gedanken. Und dann auch das, was ich in meinen Gedanken am meisten befürchtete. Hier funktionierten diese seltsamen magischen Gesetze plötzlich. Wenn ich etwas nicht wollte, dann kam es. Mann, das mit dem Leben ist schon echt ganz schön verrückt!

Es kostet mich ziemlich viel Überwindung, endlich aus meinem Bett zu finden. Den wärmenden Ort kuscheliger Geborgenheit zu verlassen, der mich an ein Vogelnest erinnert, in dem Mutter Vogel vorbeischaut und Nahrung bringt. Und schon bin ich wieder beim Thema! Hätte ich mir doch gewünscht, nicht immer alleine aufstehen zu müssen. Morgens, wenn mich das erste Licht in ein noch vom Sandmännchen gezeichnetes verschlafenes Augenpaar blicken ließe. Der erste Kuss, der herrliche Liebesduft. Ich träume. So ist es eben nicht. So wie ich alleine aufstehe, trinke ich jetzt auch alleine meinen Kaffee und esse mein vertrocknetes Schwarzbrot. Denn niemand bringt mir an diesem Morgen frische Semmeln oder fordert mich wenigstens auf, es zu tun.

Ich entlarve mein Konterfei im Spiegel. Ein irgendwie verschobenes Bild eines jungen Mannes, Ende 30, den ich da erkennen muss. Seit Tagen habe ich mich nicht rasiert. Kein gutes Zeichen. Winzige Aknenarben, die meist nur mir auffielen und mich immer wieder an meine Kindheit erinnern sollen. Gelbe Pusteln, stecknadelkopfgroß, hinderten mich damals an einem unbeschwerten Kontakt mit dem anderen Geschlecht. Nicht, dass mich heute noch Pickel zeichnen, aber die Vermeidungsstrategie, also die Angst und die Scham vor der unkontrollierbaren Berührung anderer sind mir geblieben. Keine Frage: Wer mich von früher kennt, kann sich vorstellen, dass ich mein verschobenes Aussehen kompensieren musste. Vergebens, es hat nicht geholfen. Aus meinem Leben ist ein ganz normales Leben geworden, wie sehr ich es mir auch anders gewünscht hatte. Normal. Scheißnormal. Gelbe Pubertätspickel sind den ersten grauen Haaren gewichen. Meine langen Koteletten im Elvis-Stil gefallen mir immer noch nicht, aber es ist gerade irgendwie modern. Ganz normal? Ich nehme den Rasierer in die Hand, wechsle die scharfe Klinge, beinahe schneide ich mir dabei wieder einmal in die Finger, und beginne mit meiner Morgenpflege. Als die ersten Stoppeln ins Waschbecken fallen und sich darin verteilen, blicke ich tief in meine blauen Augen, die noch immer leicht gerötet sind. Wer bin ich eigentlich? Noch normal? Simon. Simon Ehrenleben. Auch wenn ich meinem Namen gerade keine Ehre mache. Es fällt mir schwer, dem Leben die Ehre zu erweisen. Wer bin ich? Elvis bestimmt nicht. Dem geht es, wie man so hört, auch nicht wirklich gut. Seine Frau Priscilla hat sich letztes Jahr von ihm getrennt. Angeblich hat er mit Alkohol ein Problem. Sein Äußeres war auch nicht mehr das, was es oder er mal war. Was bewegt Menschen, Alkohol zu trinken? Habe auch ich schon einen erhöhten Konsum? Aber überall wird doch kräftig gepafft und gesoffen? In meiner Branche erst recht. Apropos Arbeit? Ich blicke erneut zum Fenster hinaus. Es regnet immer noch. Was sonst?

Vor einem Vierteljahr stand es um meine kleine Welt ein ganzes Stück besser. Bis ich etwas erfahren durfte, was man eigentlich nie richtig wirklich erfahren will. Doch man ist ja neugierig. Das wird bestraft. Denn als ich meinen besten Freund Torsten immer seltener sah und Claudia, meine Freundin, nicht nur in sexueller Hinsicht immer weniger Zeit für mich hatte, hätte ich schon mal schön kombinieren können. Doch wer möchte der nackten Wahrheit ins Auge blicken?

Belügen wir uns nicht gerne, weil wir Angst davor haben, was wir erfahren könnten, wenn wir mal ganz genau hinschauen würden? Wenn wir echt mal ehrlich zu uns sind. Dann aber wurde es mir präsentiert. Am Gardasee. Beim Zelturlaub. Viel zu früh zum Zelten, aber deutlich zu spät für meine Beziehung. Bei genauer Betrachtung stimmte also zumindest die Außentemperatur mit dem aktuellen Grad meiner Beziehung überein. Kalt. Den ganzen Wilden konnte es gar nicht schnell genug gehen, auf das Wasser zu kommen. So machte sich eine Karawane wasserhungriger und glücksuchender Menschen auf den Weg zum neu auserkorenen See der Segler und Surfer. Ich selbst konnte nicht surfen, auch wenn es attraktiv zu sein schien, so gut auszusehen wie diese Jungs auf ihren neuen modernen Brettern. Also hatte ich Zeit. Zeit zu beobachten – und dann fiel es mir auf. Am Wasser. Am Kiosk. Und wo auch immer. Beide, Torsten und Claudia, erledigten nahezu alles rein zufällig zusammen. Nach gemeinsamer Arbeit waren dann beide glücklich. Sogar nach dem Geschirrspülen am Campingplatz. Und wer, bitte schön, ist nach dem Spülen von Tassen und Tellern wirklich fröhlich? Aus und vorbei. Ja, das ist es. Und dabei bleibt es. Fühlt sich immer noch nicht gut an. Aber es bleibt. Ich hoffe aber doch, dass nicht auch dieses beschissene Gefühl bleibt. Ja, ich bin wieder allein. Ist das alles noch normal?

Dreißig Minuten später ist meine äußere Umwelt eine andere und ich verdrücke mir die Gedanken an meinen, fast hätte ich gesagt „unseren“, letzten Urlaub. Ein stickiger, grauer, metallverblendeter Aufzug spiegelt mein immer noch fahles morgengraues, aber nun ordentlich rasiertes Gesicht und befördert mich von der Oberwelt in die Unterwelt – wow, tatsächlich habe ich den Weg in die Tiefgarage gefunden! Nur wenige Häuser verfügen über einen solchen Luxus. Unterirdische Garagen sind normalerweise den Neubauten vorbehalten. Zwar regnet es hier nicht, doch erwartet mich ein neues Problem: blau, verschlissen, Lack ziemlich in die Jahre gekommen – es ist meine betagte Schrottkiste. Andere halten sie schon fast für einen Oldtimer. Finden, dass dieses Auto zu mir und meinem „verknitterten" Äußeren passen würde. Soll das eine überspitzte Darstellung meines lässigen Auftretens sein? Ich bin nicht lässig. Alles nur gespielt. Keiner weiß anscheinend, wie es mir wirklich geht. Wie auch, ich strahle ja immer und jeden an, passe mich an, um nicht wirklich aufzufallen. Und so lässig mein Auto für andere auch sein mag, mich regen die ständigen Reparaturrechnungen zunehmend mehr und mehr auf, weil sie mich nicht nur Geld, sondern auch Lebenszeit und damit Energie kosten. Zeigt sich Ebbe in meinem Geldbeutel, kann sich „Fred" wieder über ein neues Organ freuen. Ich nenne ihn so, weil sein Zulassungsdatum im Jahre '58 auf den Namenstag „Manfred" fiel und ich damals durch diese Vermenschlichung einen „Freund" mehr in meinem Leben wähnte. Nach einigem Rütteln und Schütteln springt „Fred" glücklicherweise an. „Mann, Fred, gerade noch geschafft!", murmle ich grinsend. Wir beide machen uns auf den Weg aus der dunklen Betonhöhle. Nicht wirklich ins Licht, aber eben in den Regen und damit in die Welt da draußen.

Den Weg zur Arbeit finde ich im Schlaf. Wie fast jeden Tag nutze ich die allmorgendlichen 20 Minuten zum weiteren unfreiwilligen Träumen. Ich staue und staune mich von einer Straßenecke zur anderen – wo kommen nur die vielen Menschen und die vielen Autos her? Zu so früher Stunde? Alle scheinen immer das Gleiche zur immer gleichen Zeit zu tun! Waren wir alle so einförmig in unserem Tun? Unterschiedslose Anzüge, maximal dunkelblau anstatt grau, aber bitte immer mit weißem Hemd und passender Krawatte in grau oder blau. Welch Vielfalt! Ich grinse in mich hinein. Wir sind doch wie die Lemminge, spurtreu und volldoof. Wie soll denn dann etwas wirklich Neues, wirklich Kreatives entstehen, wenn alle identisch aussehen und gleichförmig denken? Hatten wir nichts Besseres zu tun, als alle denselben Weg zu nehmen? Anscheinend nicht. War das noch normal? Anscheinend schon. Was würde sein, wenn jeder einmal das machen würde, was er wirklich möchte? Bricht dann das Land in Stücke? Oder was? Ich muss mich konzentrieren, denn würde diese rituelle Art der Fortbewegung nicht all meine Aufmerksamkeit fordern und würde ich nicht die Augen mit höchster Konzentration offen halten, um keine Passanten oder andere Verkehrsteilnehmer zu gefährden, müsste auch ich vor mir selbst zugeben, dass es mich ermüdet, jeden Morgen das Gleiche zu tun.

Just in dem Moment, als ich diesem wiederkehrenden Gedanken nachgehe, komme ich hinter einem Müllwagen zum Stehen. Ich warte. Warte. Noch etwas. Und warte. Spinne meine Gedanken weiter und denke über den kommenden Tag und meine anstehenden Verpflichtungen nach. Wie in Trance.

Nichts scheint mehr im Außen weiterzugehen, die Zeit scheint stillzustehen und meine Wahrnehmung reduziert sich auf Zeitlupenmodus. Hinter einem orangefarbigen Lkw zu stehen, der gewaltig abgestanden und ziemlich menschlich nach Zivilisationsmüll stinkt, fördert meine Laune auch nicht wirklich. Und ich warte weiter, weiter, weiter – immer noch. Erst das energische Hupen eines Autos hinter mir reißt mich aus meiner wachkomatösen Halbschlafsituation und ich kapiere endlich, dass ich hinter einem Müllmonster stehe, das parkt. „Müllkapitän" und Besatzung ziehen es gerade vor, in der Bäckerei nebenan Verpflegung für den anstehenden Arbeitstag einzukaufen. Erst jetzt fällt mir die Aufschrift auf der Rückseite des Fahrzeuges auf: „Wir halten Ihre Stadt sauber!" „DANKE, ihr Sauberärsche, momentan verhindert ihr meine freie Fahrt! Mein ganzes Leben ist jetzt in diesem Moment blockiert!", schreie ich. Innerlich, anschuldigend, aber selbstverständlich angepasst, lautlos. Ich überhole. Und wie durch ein Wunder ist nun nach diesem städtischen Sauberfahrzeug nahezu kein Auto mehr auf der Straße. Plötzlich habe ich freie Fahrt.

Eigentlich könnte mir spätestens jetzt ein Licht aufgehen, dass diese kurze Episode mein ganzes Leben widerspiegelt. Ich stehe, warte und träume. Und habe dabei keine Ahnung, was abgeht. Dafür klage ich aber gerne andere an, weil mir vermeintlich alle im Wege stehen. Dabei wäre es so einfach: Ich müsste nur einmal kurz und beherzt den Rückwärtsgang einlegen, die Situation aus einem anderen Blickwinkel betrachten, Abstand gewinnen – und ich hätte wieder freie Fahrt! Einfach

Gas geben ... Freie Fahrt für einen freien Bürger oder, wie das so gut deutsch heißt, in jedem Falle ein freies Leben für mich. Doch genau das habe ich eben nicht, ich bin nicht frei. Ich erstarre in meinem Leben wie das sprichwörtliche Huhn, das seinen „Kolleginnen“ hinter dem Maschendrahtzaun zusieht, wie sie Futter picken, aber leider selbst verhungert, weil es nicht über den Zaun kam. Würde es ein paar Schritte zurücktreten, hätte es erkannt, dass der Zaun zwar hoch war, aber auch nur zehn Meter breit. Das Huhn hätte einfach nur außen vorbeilaufen müssen!

Warum ist das nur so? Ich bin „investiert“ in meinem eigenen wirren Gedanken. Wenn ich Probleme zu lösen versuche, sehe ich den Wald vor lauter Bäumen nicht. Der Fokus auf meinen Problemen wird so dicht und macht mich so eng, obwohl ich gerade jetzt „Weite“ gebrauchen könnte. Ich beginne immer mehr, den Schmerz zu vermeiden, und immer weniger, meine Lust am Leben zu leben. Absurd, der Preis, den ich zu zahlen bereit bin, wird immer höher. Ich bemerke es, wenn auch nur langsam. Doch immer noch betäube ich den Schmerz. Einfach so. Unerhört und unreflektiert. Wie mit einer Tablette, die ich mir vom Arzt hole. Bloß keine Selbstverantwortung. Was tue ich da eigentlich mit mir?

Als ich nun weiter durch die Straßen fahre, fällt mir an einer der nächsten Ampeln auf, dass sich durch meine schwungvolle Fahrt das Handschuhfach geöffnet hat. Keine große Leistung, denn die Klappe aus Pappe, die geschickt, aber leider minderwertig, mit Kunstleder überzogen ist, hat sich aufgrund der vielen Jahre und deren heißen Sommer verzogen. Es offenbart sich mir mein Reparaturhandbuch „Selbermachen: Jetzt helfe ich mir selbst! Tipps und Tricks rund um Ihr Fahrzeug!“. Spannend, für alles gibt es eine Anleitung, meist gründlichst beschrieben, nach gutdeutscher DIN-Norm, damit auch gar nichts in die Hose gehen kann. Für das Leben nicht. Obwohl, die Norm verbraten wir uns schon selbst, ich bin ja das beste Beispiel für perfekte Anpassung und Normierung. Wie gut könnte ich jetzt so ein Nachschlagewerk gebrauchen. Was würde ich aufschlagen? Rubrik „Hilflosigkeit“? „Selbstwert“? Oder noch besser gleich „Ziellosigkeit, totale“? Und dann? Nicht nur ich hätte eine solche Anleitung. Würden wir dann alle auch das Gleiche in der Anleitung Beschriebene tun? Hätten wir dann alle die gleichen Ziele, was nun ja auch keine Lösung wäre? Aber eben Norm. Oder haben wir doch die Wahl? In jedem Falle würde mir schon eine einfache Erklärung reichen. Ein Wink des Schicksals, ob ich noch auf dem Weg oder schon total von der Strecke abgekommen wäre. Oh ja, wie angepasst, denkt es in mir, wenn ich nicht endlich einmal vom Weg abkomme, bleibe ich wirklich noch auf der Strecke. Immer aufzupassen, dass nichts passiert, dann wird auch rein gar nichts in meinem Leben passieren! Langweilig. Mein Wunsch wird täglich größer, mein Leben zu verstehen. Wie schwer musste es mir fallen, vorwärts zu leben, wenn ich nicht einmal mein bisheriges Leben im Rückspiegel verstand?

Es bedarf keiner hellseherischen Fähigkeiten meinerseits, um zu wissen, dass mit an Sicherheit grenzender Wahrscheinlichkeit die Laune meines Chefs kein Quäntchen besser sein würde als meine. Ich habe das Büro vor nicht einmal zehn Minuten betreten, da kommt mir bereits sein durch Kaffee und Zigarettenrauch geschwängerter Mundgeruch entgegen und lässt mich nichts Gutes erahnen: Denn Chris, ein Amerikaner, der neuerdings in unserer deutschen Firma ganz oben arbeitet, hatte scheinbar wieder eine „Frühschicht" eingelegt. Und so, wie er aussieht und riecht, hatten es selbst die Männer von der Müllabfuhr geschickter eingefädelt, denn die hatten sich wenigstens ein ordentliches Frühstück gegönnt. Chris verzichtet gerne.

Und mit ihm sollen auch alle anderen verzichten. Am besten auf das eigene Leben. Dem Großen und Ganzen dienlich sein, falls wir das überhaupt verstehen könnten. Dranbleiben, Umsatz schaffen, nach vorne schauen, peinlich exakt auf den Kundenwunsch achten. Genau das war der brandaktuelle Trend, der jetzt zu uns direkt aus den USA ins deutsche Land schwappte: Aus schnöder deutscher Reklame wurde internationale Werbung und noch aktueller: „Marketing"! Dem Kunden die Wünsche von den Lippen ablesen. Noch besser, ihm diese Wünsche klarmachen, die er noch gar nicht kannte. Doch wer liest „meine" Wünsche? Für jede Kleinigkeit wurde jetzt plötzlich eine Besprechung, sorry, ein „Meeting" einberufen. Für jeden Unsinn eine neue Werbekampagne angelegt, aber um sich selbst kümmert sich hier keiner ernsthaft. Niemand ist sich doch wirklich klar darüber, was er will. Mal ehrlich, setzt sich denn am Jahresanfang jemand hin und macht eine Zielerreichungsplanung für sein Leben? Eben, keine Sau. Jeder von uns könnte ja plötzlich entdecken, dass er seine Sehnsüchte längst an den Nagel gehängt hat, um dem Großen und Ganzen zu dienen. Bravo! Sind wir hier beim Militär? Wie kann ich denn dienlich sein, wenn es mir selbst beschissen geht, wenn ich an keinem Morgen Bock habe aufzustehen und zu dienen? Okay, ein Grund: Geld. Natürlich ist Geld auch ein Antreiber. Geld ist Energie. Haben wir zu wenig Geld, sind wir chronisch unzufrieden. Und aus Unfrieden entsteht Neues. Wäre niemand vor uns mit irgendetwas unzufrieden gewesen, würden wir alle heute noch am Lagerfeuer sitzen. Also hat Geld ja doch etwas Gutes? Doch hat es wirklich etwas mit gefühltem Wohlstand zu tun? Glaube ich dann doch langsam nicht mehr. Denn es gibt auch weniger betuchte Menschen, die ziemlich glücklich sind, ohne sich einem Großen und Ganzen unterzuordnen. Und auch von körperlich Behinderten weiß man längst, dass sie sich auf einer Skala von null bis zehn immer eher im oberen, „glücklicheren“ Bereich sehen und fühlen. Das gibt mir zu denken. Was erwarte ich denn vom Leben? War es zu viel? Waren es nicht viel zu viele unter uns, die sich regelrecht aufsparten?

Mein Nachhilfelehrer aus der fünften Klasse war so einer. Herr Dr. Sieber – so hieß er – fand sein großes Glück in den kleinen Dingen, vorwiegend vom Flohmarkt. Er kaufte und kaufte und kaufte. Und wenn ich wöchentlich wieder und wieder zur Nachhilfe kam oder besser kommen musste, weil ich nichts kapierte, konnte ich immer Neues entdecken. In seiner Wohnung stapelte sich der Unrat, was es aus meiner Sicht war. Das Spannende aber daran war, dass sich der Sieber von einem Objekt nicht nur eine Sache oder Ausführung gönnte, sondern immer mehrere. Kameras, alt, verbraucht, kaputt? So weit das Auge im Wohnzimmer reichte. Schallplatten, Plakate, Auszeichnungen, Taschen, Körbe und was nicht alles. Schien es jemals genug zu sein? Wann war es denn genug? Jedes Mal musste er Kameras und alte Zeitschriften vom Tisch räumen, wenn ich kam. War das wirklich sein Glück? War es seine Freiheit, zwischen gebrauchtem Krempel Selbstbefriedung zu erfahren? Oder war es der Zwang vergangener Kriegstage, alles ja noch einmal irgendwann, irgendwo und irgendwie einsetzen zu können? Und bestimmt wisse gerade er, wann es so weit wäre. Wurde so aus dem Weg zum Glück bedrohlicher Zwang? Aus versuchter Freiheit ein selbst erwähltes Gefängnis? Wann lohnt es sich, an etwas zu hängen, und wann nicht? Sind es nicht gerade die Dinge, die nicht mit Geld aufzuwiegen sind, die uns und unser Glück formen? Fotos? Erlebnisse? Meine weitschweifenden Gedanken fliegen plötzlich zu Tante Erika. Längst verstorben. Tantes Haus brannte im Krieg nieder. Das war furchtbar. Erzählte sie. Sie hatte immer Tränen in den Augen, wenn sie davon sprach. Nichts wäre sie jetzt mehr, weil sie alle ihre Erinnerungen in den wenigen Fotos gebunden fand, die damals verbrannt waren. Denn auch ihr Mann war so schnell gegangen, wie der schwachsinnige Krieg kam. Alles weg.

Um weitere Unaufmerksamkeiten zu vermeiden, versuche auch ich mich durch einen Kaffee wach zu halten. Diesmal ganz und gar nicht alleine, nicht mit den Großen, sondern mit den anderen kleinen Dienern des Ganzen. Leider aber auch nicht mit den Menschen, die ich sonst gerne beim morgendlichen Kaffee um mich gehabt hätte. Andere scheinen mir so erwachsen. Ich komme mir immer kleiner als alle anderen vor. Ich, der Kleine unter den Erwachsenen. Im Neonlicht der fensterlosen Teeküche zeichnen sich die Morgenfratzen in Kotzbeige ab. Wahrscheinlich als Abbild der eigenen Seele, da half auch kein Make-up. So scharen sich weitere Menschen zusammen, die ähnlich antriebslos sind wie ich: Körper, die sich mit mittelprächtigem Kaffee zu mobilisieren versuchen. „Hast du das Spiel gestern gesehen? Ich glaube es ja nicht! Musste das Tor in der 89. Minuten noch sein? Ich könnte mich jetzt noch aufregen! Hast du den Breitner wieder gesehen? Diese Fehlpässe? Und der Müller ..." Ich wende mich ab. „Christine hat wieder mit Rolf Schluss gemacht. Ich finde das ziemlich mutig!", zwitschert die topgestylte Chefsekretärin aus dem dritten Stock schadenfreudig. Hilfe! Ich erahne die Richtung, die diese Gespräche weiterhin nehmen werden. „Rette sich, wer kann! Die ‚MS-Niveau' beginnt zu sinken. Ab in die Rettungsboote!", schlägt mir meine innere Stimme in drastischer Klarheit vor. Die Fakten verdichten sich. Es ist also tatsächlich wieder wie jeden Tag: Ich habe einfach keinen Bock! Was war aus meinen Gedanken und Ideen der Selbstständigkeit geworden? Bin ich wirklich so eine Pfeife oder habe ich einfach nur keinen Mut? Wie ist wohl der heutige Firmenbesitzer selbstständig geworden? Hatte er sich auch so viele Gedanken gemacht? Oder waren damals, gleich nach dem Krieg, wie alle behaupteten, die Zeiten chancenreicher? Und überhaupt, warum hat er so ein gut gehendes Unternehmen und trotzt selbst den Erfolgsverhinderern, die sich schon frühmorgens über Fußball oder Trennungsquoten unterhalten?

Unser aller Chef kategorisierte gerne in zwei Gruppen von willigen Ameisen: Erfolgsbereiter, also die Königsbienen. Davon kann es eben nur wenige und natürlich maßgebliche geben. Oder lediglich Erfolgsbegleiter, die Arbeitsbienen, deren Leistung man erwartete, aber nicht wirklich honorierte. „Jeder von uns hat es in der Hand." „Jeder von uns kann selbst etwas für sich und seinen Erfolg erwirken." Und ich? Ich bin eben auch nur ein ...? Ach, ich glaube bald selbst nicht mehr zu wissen, was oder wer.

Aber all diese Gedanken machen den Tag natürlich nicht besser. In einer Art Trance hangele ich mich irgendwie durch den Vormittag und schaffe es, zügiger als erwartet, zur unverdienten Mittagspause zu kommen. Eine große Freude und das erste Highlight des Tages ist gerade jetzt die geniale Currywurst in unserer Kantine. Friede! Leblos auf dem Teller ergibt sie sich ihrem Schicksal, jeder von uns hat ja eines. Sie widerspricht nicht, kümmert sich nicht um den Regen und ist mir jetzt an dieser Stelle bedingungslos ausgeliefert. Noch ehe dieser Satz zu Ende geht, ist sie weg. Ich starre auf den nun wurstlosen, bis auf die Reste des Curryketchups leeren Teller. Irgendjemand hatte mir einmal erzählt, dass man aus Mokkatassen, besser gesagt aus dem Kaffeesatz, der nach dem Austrinken darin verblieben ist, die Zukunft lesen könnte. Ich versuche also, dem Curryketchup meine Zukunft zu entlocken. Doch diese Weisheit erschließt sich mir gerade leider nicht. Nun beginne ich verträumt mit meinem Finger in der verbleibenden Soße zu malen und bemerke zunächst nicht, dass mich dabei die Teamsekretärin aus der Parallelabteilung beobachtet.

Unser Verhältnis ist nicht gerade das beste. Ich denke, wir sind einfach zu verschieden. Weil sie eine weibliche Mitarbeiterin ist? Habe ich Probleme mit selbstbewussten Frauen?

Aber um die Tatsache, wie ich bei ihr ankam, um mein „Standing“, wie es bei uns im Laden nun so schön „amerikanisch“ heißt, muss ich mir jetzt auch keine Gedanken mehr machen. Denn ihr Gesichtsausdruck lässt vermuten, dass sie meine Tellerschmierereien nicht für kreativ, sondern eher für psychopathisch hält. Bingo, Volltreffer! Sie wird mich bei der nächsten Konferenz „Gemeinsam gegen die Großen“ aushebeln. Dass diese Megasitzung schon morgen ansteht, wurde mir gerade jetzt wieder ins Gedächtnis gerufen und liegt mir damit nun noch schwerer im Magen als meine eben erlegte und definitiv zu schnell konsumierte Currywurst. Mein Magen gluckst vor sich hin, zeigt mir damit, dass er gerade Schwerstarbeit leistet und jegliches Blut für die Verdauung benötigt, auch das aus meinem Gehirn, um die Sache wieder ins Lot zu bringen. Eigentlich bräuchte ich jetzt einen Schnaps, wie es mein Großvater bei einem solchen Zeitpunkt der Nahrungsverwertung gerne vorschlug. Ich schlafe fast ein.

Was den restlichen Tag – neben der Verdauung meiner Wurst – weiterhin um mich geschieht, spare ich mir an dieser Stelle. Es ist zu belanglos und war eben das, was immer geschah, und ich glaube, daran nichts ändern zu können. Lösungen, die uns so nah sind, bleiben uns meist verschwommen, weil sie ganz still und ohne Ausrufezeichen in Erscheinung treten.

# Am gleichen Tag. Er.

Dank der Präsentationsvorbereitung mache ich mich erst am späten Abend aus dem Büro. Es hat zu regnen aufgehört, dafür ist es nun dunkel. Arbeitszeittechnisch gesehen im Sommer kein gutes Zeichen – es muss spontan geschätzt nach 22.00 Uhr sein. Auch der leere Parkplatz demonstriert mir, dass ich wirklich der oder das Letzte im Büro bin! Also, in jedem Fall ist der Parkplatz eben leer, bis auf die Bäume, die ihn einzäunen. Der Efeu, im Boden verwurzelt, klammert sich an die umliegenden Birken, als fürchte er um sein Leben. Ich spüre den harten, immer noch regenfeuchten Asphalt unter meinen dünnen Ledersohlen. Der Weg zu meinem Auto scheint nach diesem Tag noch länger als sonst. Er zieht sich unendlich lang. Es fühlt sich plötzlich wieder an wie mein Leben: irgendwie leer und abgestanden, wie ein laues Glas Wasser vom Vortag und unendlich zäh, ähnlich festem Schmelzkäse auf einer kalten Lasagne. Ich habe Hunger und halte inne.

Da stehe ich nun, ringe schon fast um mein Gleichgewicht, unterzuckert, als würde ich aus der Rolle fallen, an Halt verlieren, wenn ich mich jetzt bewege. Das Bild des Parkplatzes verschwimmt für ganz kurze Zeit vor meinen Augen. Und als ich jetzt doch weitergehe – ich muss mich antreiben – kommt mir plötzlich ein äußerst kreativer Gedanke: Dieser Parkplatz, also besser gesagt die Fläche des Parkplatzes, könnte im übertragenen Sinne mein Leben repräsentieren! Wow! Ziemlich schräger Gedanke.

Dunkel, ein paar Linien und Stationen, die mich gezeichnet, manches Mal sogar beeindruckt haben. Und alle, die früher einmal da und um mich waren, scheinen plötzlich weg zu sein und nur ein Häufchen Schrott auf vier Rädern wartet auf mich. Wenigstens das.

Wäre dieser große Parkplatz mein ganz persönlicher Lebens-Zeit-Raum-Spiegel, also wirklich mein Leben, wo stünde ich da? Ich halte inne. Mitten in der Nacht. Wo ist das wahre Licht in meinem jungen Leben? Was habe ich denn bisher geschafft? Auf was kann ich überhaupt stolz sein? Und was will ich eigentlich wirklich? Was macht mich glücklich? Stolz? Dankbar? Ich bewege mich weiter und spüre in mir die Bestätigung, dass die Brachfläche dieses Parkplatzes tatsächlich etwas mit mir macht und mein Leben sein könnte. Denn ein gutes Drittel habe ich nun schon hinter mich gebracht. Ich blicke mich um. Wer müsste hier und da stehen? Simone? Meine allererste Freundin? Ganz hinten? Mutter oder Vater? Oh Gott, nein, ich wollte doch nicht so werden wie Mutter und Vater! Oder bin ich schon auf dem besten Weg dorthin?

Und wenn ich dieses eine Drittel schon hinter mich gebracht habe, was liegt da noch vor mir? Gibt es da eine Mitte? Ist dort irgendein Punkt, den es sich lohnte anzugehen? Welcher Weg ist erstrebenswert – und wenn überhaupt einer: Wohin soll ich gehen? Ich bleibe erneut stehen, atme tief durch.

Die warme Abendluft, unterfüttert mit dem noch feuchten Duft des vergangenen Regens, füllt meine Lunge. Noch einmal – tief durchatmen. Ich spüre, wie der Atem meinen Körper durchströmt, und beginne auf eine seltsame Art und Weise Neues zu fühlen. Ein Gefühl des Erwachens. Auf einem leeren Parkplatz, fast mitten in der Nacht! Vielleicht fühle ich sogar wieder das erste Mal seit Jahren? Ich bin unverhofft tief bewegt. Ein übermächtiges Gefühl, das sich schwer in Worte fassen lässt. In die Traurigkeit über mein bisheriges Leben mischt sich nun doch auch ein gewisser Stolz, gerade hier zu stehen und genau das, genau diesen scheinbar wichtigen Moment, wahrzunehmen. Die Füße in meinen Schuhen zu spüren, wie Wurzeln, die tief in die Erde ragen. Gleichzeitig auf irgendeine ganz spezielle Art und Weise nach oben verbunden, als gäbe es dort oben Halt. Ich nehme wahr, wie es mich unglaublich angenehm nach oben zieht. Wie an Schnüren gespannt und wunderbar gehalten.

Ich richte mich unwillkürlich auf, lasse meine Tasche fallen. Pflatsch, Pfütze. Die Spritzer feuchten meine Hose an, sodass ich es am Bein spüre. Ich fühle es, aber reagiere nicht. Bin ich doch ein kleiner Saubermann, der ungern Dreck auf der Hose hat. Ich schmunzle innerlich. Überhaupt genau jetzt wahrzunehmen, dass ich hier stehe. Einfach so. Stehen. Nicht mehr und nicht weniger. Ich stehe, mit dem stolzen Gefühl, etwas Neues zu erfahren. Endlich. Und es ist im Grunde nicht viel. Es ist nicht viel zu tun. Jetzt plötzlich bin ich nicht einmal mehr schwach, sondern fühle Kraft, Stärke und ein

Getragensein. Das macht mir Mut. Demut? Oder soll es mir zu denken geben? Wer zu sehr fixiert ist, kommt vielleicht nicht vom Fleck? Dieser andere Blickwinkel bringt mich wieder in Bewegung. Ich hebe meine Tasche auf.

Wenn der Ort, an dem ich gerade stehe, meinen bisherigen Standpunkt im Leben repräsentiert, dann werde ich jetzt einfach weitergehen. Ich werde in den nächsthöheren Gang schalten, um die Position zu verändern, wie ich es heute aktiv im Morgenverkehr getan hatte. Nicht mehr träumen, machen. Ich drehe mich um und mache mich auf den Weg. Jetzt stehe ich in der Mitte dieses Parkplatzes und es geht mir ziemlich gut! Mitte! Jetzt, genau jetzt fühlt es sich so gut an! Die Sorgen des Tages scheinen zu schwinden. Träume ich? Es beschwingt mich. Ich muss in meine Mitte kommen, das ist es! Ich betrachte den Weg, den ich eben hinter mich gebracht habe. Er war nicht kurz, aber auch nicht üppig lang. Aber das Beste ist, als ich den Entschluss gefasst hatte, mich zu bewegen, war es ein Leichtes, diesen Weg zu gehen! Genau das ist es! Ich brauche einen Riesenarschtritt ins Leben! Und es gibt nur einen Menschen auf dieser Erde, der mir diesen geben kann: ich mir selbst!

Würde mir an dieser Stelle jemand zuhören und zusehen, wie ich auf einem schäbigen Parkplatz stehe und glaube, mein Leben zu deuten, dabei Selbstgespräche führe und auch noch eine bestimmte Lebensbewegung dabei vermute, wie ich gerade versuche, diesen Weg ganz bewusst zu üben, er würde mich wahrscheinlich für verrückt erklären. Aber das ist mir jetzt in diesem Moment völlig egal. Endlich mal egal. Dieser banale Parkplatz hat mich in diesem Moment irgendwie ein Stück in mein Leben zurückgeholt. Freier Fall und doch nicht aufgeschlagen. Glück gehabt, aufgefangen oder doch nur hängen geblieben? Ich hole tief Luft. Es fühlt sich an, als würde sich in mir, tief in mir, etwas öffnen. Zu gern würde ich jetzt genau wissen, wie ich das gemacht habe. Ich verwehre es mir selbst. Dennoch, in kleinen ersten Babyschritten beginne ich Neues wahrzunehmen. Unser aller „Qualitätsmanagement" des eigenen Lebens wird durch die Bewusstwerdung unserer Emotionen bestimmt. Und wie wir deren Wirkung in uns zu erfassen vermögen. Klingt abgefahren. Die unerkannte Wirkung auf uns mischt das Gift der eigenen Glücksamputation. Zu gern würden wir doch alle der Werbung vertrauen, die uns einreden möchte, dass es die Äußerlichkeiten sind, die uns Glück bescheren. Voller Mist! Mann, diese Parkplatzsession gibt mir echt den Rest. Ich resümiere über Emotionen, die etwas wie ein Parkplatz in mir auszulösen vermag. Kann ich mir noch vertrauen? Hartnäckig analysiere ich weiter. Langsam werde ich von Berufs wegen Pessimist. Wahrnehmungen formen sich zu Gedanken aus und produzieren Gefühle. Ist das so? Ja. Und nein, ich bin nicht verrückt! Ich nehme intensiv wahr – und das seit Jahren wieder zum ersten Mal.

Ich blicke auf einen Löwenzahn, der sich durch den Boden nach oben gekämpft hat und durch das Laternenlicht erleuchtet wird. Ich erinnere mich an einen Bericht, den ich vor Kurzem gelesen hatte, dass zarte Blumen die Kraft besitzen, sich durch eine dicke Decke aus Asphalt zu bohren, wenn die Voraussetzungen stimmig sind. Wow! Natur ist Kraft pur. Und ich bin ein Teil davon. Nein, besser, ich darf ein kleiner Teil davon sein! Keine Pflanze auf dieser Erde gleicht der anderen. Wie kann ich annehmen, dass ich nicht einzigartig bin? Meine Augen müssten jetzt glänzen, sie füllen sich mit Tränen. Eigentlich war es doch ein schöner Tag, das Ende ist gut! Irgendwie fühlt es sich gerade an, als würde eine Reise beginnen.

Das Scheinwerferlicht eines herannahenden Pkws reißt mich aus meiner poetischen Gedankenwelt. Die Faszination dieser gerade so vollkommenen Energie erlischt schlagartig, sie ist nur noch ein mickriges Pflänzchen, von dem ich gerade so groß geträumt hatte. Ich fühle mich ertappt und schäme mich, als die Scheinwerfer meinen Körper kurz erhellen. Schämen für was? Der Fahrer, blitzartig wieder in der Dunkelheit verschwunden, hatte doch überhaupt keine Ahnung, was ich hier veranstalte! Warum also schämen? Warum immer Gedanken darüber machen, was andere von einem denken könnten? Das genau ist es doch, was uns das Leben so sauer macht. Aber wie so oft glaube ich, auf meine Gefühle einfach keinen Einfluss zu haben. Schnell ploppen sie auf, ohne erkennbaren Nutzen für mich. Plötzlich und wie fremdbestimmt, nur weil sich eine Situation unberechenbar ändert, wie das Scheinwerferleuchten eines anderen Autos. Unerwartet unkontrollierbar aufflackernd, gefühlt irgendwie, wie alte Infos aus der Welt des Unbewussten.

Soll ich diese Gedanken zulassen? „Fresse!“ Der *Lebens-Parkplatz* wurde von nun an zu einer stillen Metapher in mir. Das kleine Pflänzchen in mir macht sich erneut auf, zu erblühen. Es hat etwas Größerem in mir einen Anstoß gegeben. Etwas ausgelöst, was mir nicht zu denken, sondern zu fühlen erlaubt. Und das, das ist der kleine Anfang einer großen Wende in meinem Leben, die eigentlich nur durch Winzigkeiten bestimmt wird. Denn es ist kaum zu glauben, alles, was wir für unser Lebensglück benötigen, ist schon längst da. Etwas beginnt anders zu werden.

Ich sollte ein Buch schreiben.

# Zweitausenddrei. Es.

Als ich erfuhr, wie es um meinen Vater stand, war ich geschockt. So alt bin ich nun auch nicht. Mittendrin im Leben. In den besten Jahren einer Frau. Wie kann es sein? Warum passiert gerade mir so etwas? Das liest man doch in der Regel nur in Schundromanen? Und dann doch. Niemand weiß, was morgen passiert, hatte mein Vater immer gesagt. Niemand kann das Gestern verändern. Wir leben jetzt. Nicht gestern. Nicht morgen. Jeder kleine Pseudoratgeber erzählt das doch schon. Es ist einfach wahr.

Mit den eindrucksvollen Rufen meiner beiden süßen Töchter werde ich aus meinen Gedanken gerissen. Sie sollen es nicht gleich erfahren, was mit ihrem Opa passiert ist. Sie wären sehr traurig. Irgendwann muss ich es aber wohl sagen. Sie lieben Opa sehr. Aus meiner Sicht nimmt er sich mehr Zeit für seine Enkelkinder als in meiner Kindheit für mich. Wie werden sie es aufnehmen? Solche Ereignisse reißen womöglich große Wunden in kleine Kinderseelen. Womöglich haben genau deshalb Therapeuten so viel zu tun, weil sie dann später bei Erwachsenen die Seelenwunden heilen müssen? Als Mutter will ich ihnen genau das ersparen! „Maaaammmmmiiii! Kommst du? Fine fällt schon gleich in den Graben!“, tönt es aus der Ferne. Und ich hänge mit meinen Gedanken noch immer dem für mich so Absurden und irgendwie Unwirklichen nach. Doch meine Gegenwart holt mich glücklicherweise genau jetzt ein: „Maaaaaaammmmmiiiiii!“ Die Appelle werden deutlicher und ich werde mir meiner geistigen Abwesenheit bewusst. „Ich bin doch schon da ...!“, rufe ich als pflichtbewusste Mutter zurück, obgleich ich doch noch ein ganzes Stück entfernt bin. „Gleich!“

Ich sehe Fine, also besser Josefine, und Ma, also Magdalena, wie sie sich in bewährter Manier zusetzen. Beide haben einen Schal um die Augen gewickelt und schupsen sich gegenseitig an. „Bis eine von euch zweien hinfällt und weint!“, würde jetzt meine Mutter sagen. Blinde Kuh, was für ein zauberhaftes Spiel. Die Wiese glänzt in ihrem saftigsten Grün, als gäbe es einen Preis dafür zu gewinnen. Die kraftvolle Landluft breitet sich in meiner gepeinigten Großstadtnase ungewöhnlich intensiv aus. Ich nehme einen tiefen Atemzug. Schnuppere. Jetzt. Wie schön es doch ist, dass es endlich richtig warm geworden ist. Die Sonne streichelt meine Haut. Ich genieße. Was für ein schöner Moment. Weit weg raubt ein Moped mit seinem Knattern den gerade noch zwitschernden Vögeln die Schau. Ganz ruhig ist es wohl nirgends auf dieser Erde. Fine ergreift fordernd meine Hand, die ich ihr bereitwillig gebe. Ihre kleine Hand hat drei Mal in meiner Platz. Ich drehe Fine und Ma, bis beiden ein wenig schwindelig wird. Das ist lustig. Die zwei lachen und freuen sich über die „Drehorgel“, bis sie auf den Boden fallen. „Autsch!“, ruft Ma und Fine lacht sich schief, als sie ihr Tuch abnimmt. Kleine Schadenfreude. Beide geben gerade in diesem Moment ein beglückendes Bild ab.

So unterschiedlich sie doch sind, eines haben sie gemeinsam: ganz und gar selbst gemacht. Ich lächle und erstrahle innerlich. Tiefer Mutterstolz. Ich lege mich zu ihnen in die Wiese. Genieße den Moment. Dann kommt mir eine Idee. „Bindet mir mal den Schal um und führt mich, ihr zwei Kröten!" Das muss ich nicht zweimal sagen und schon geht es los. Ich fühle mich erst sehr verunsichert, doch dann bemerke ich, wie sanft und liebevoll mich die beiden führen. Als wäre ihnen bewusst, dass ich jetzt in diesem Moment so sehr verletzlich bin, dass sie deutlicher aufpassen müssen. Ich spüre den Boden unter meinen Füßen, Schritt für Schritt kann ich die Wiese spüren. Ich höre plötzlich so intensiv wie selten zuvor. Spüre etwas Feuchtes an meiner Hand. Fast etwas unheimlich, aber ich vertraue. Und dann bemerke ich, wie die Kinder meine Hand an die Nüstern eines Ponys halten. Ein warmes Gefühl. Schon tauchen Bilder aus meiner Kindheit auf. Früh durfte ich reiten. Das gab mir Halt auf eine ganz andere Art. Silvio, das Pony, hatte immer ein Ohr für mich. Der Geruch nach Pferd ist Kindheitserinnerung pur. Mit einem Mal doch wieder im Gestern und damit ziemlich glücklich.

Mit verbundenen Augen beginne ich unerwartet zu rennen. Meine beiden Kleinen kommen fast nicht hinterher und bevor ich Hals über Kopf in einen Bach stürze, können sie mich gerade noch rechtzeitig aufhalten. Ich nehme die Binde ab und empfinde Gefühle des Glücks. Kleine Aktion, großes Kino. Obwohl im Außen eigentlich rein gar nichts anders ist als vorher, macht sich in mir dieses breite Grinsen bemerkbar. Ich erzähle meinen beiden Kleinen von meinen Erlebnissen mit Silvio, dem Pony, und meinen Gefühlen, als kleines Mädchen. Von einem Vater, der immer viel zu arbeiten hatte, und einer Mutter, die nie wirklich da war. Und dass ich es anders machen will und kann. Denn heute ist vieles anders als gestern. Genau das kann ich ihnen mitgeben. Ich empfinde gerade jetzt ein solch großes Glück, diese innere Weisheit zu spüren, die die Vergangenheit mit der Gegenwart verknüpft. Aus der Vergangenheit lernen. So macht es Sinn. Es ist etwas Gutes daraus geworden. Und diese kleine blinde Episode lässt mich tatsächlich Demut spüren. Nur weil nahezu alle Menschen sehen können, war es noch lange nicht selbstverständlich. Auf ein so wichtiges Sinnesorgan verzichten zu müssen, würde mir schwerfallen. Aber wem wohl nicht?

Ich sehe meinen beiden Mädels zu, wie sie an meinen Lippen hängen. Und in ihnen kann ich mich wiederentdecken. Eben, als wäre ich wie sie. In ihren wachen und erwartungsfrohen Augen sehe auch ich mich, wie ich meinem Vater zuhörte, wenn er von früher erzählte. Von dem wilden Treiben in einer Werbeagentur und den vielen Storys darum. Damals, ja damals war Werbung noch etwas Sensationelles. Und nur wenige hatten das Glück, in dieser trendigen Branche zu arbeiten. Er war einer von denen. Ich war immer stolz, wenn er von dieser Zeit erzählte. Ich studierte Journalismus. Auch ein Stück ihm zuliebe. Hätte ich etwas anderes gewollt? Wahrscheinlich nicht. Vielleicht nicht? Vielleicht manches Mal? Oft sind wir unseren Eltern sehr treu, wenn es um die eigene Berufswahl geht. Und damit ziemlich angebunden. Wenn ich heute meine beiden Kleinen sehe, frage ich mich, was sie wohl mir zuliebe machen werden. Kann man als Mutter eine Belastung sein? Wahrscheinlich. Kann ich schon heute etwas daran ändern? Gegensteuern womöglich? Wahrscheinlich nicht.

Während Ma und Fine wieder fröhlich mit anderen Kindern einer Familie zu spielen beginnen, die auch gerade einen Spaziergang machen und hier verweilen, habe ich plötzlich das Gefühl, neben mir zu sitzen. Als würde ich selbst als mein kleines Kind an meiner Seite Platz nehmen. Als könnte ich mich ansehen und mich fragen, ob ich auch auf mich hören würde. Plötzlich habe ich feuchte Augen. Ich werde traurig. Hatte ich mir doch so viel vorgenommen, als ich klein war. Tierärztin wollte ich werden, als mein Hamster starb und mir der Tierarzt erzählte, dass ich ihm zu früh zu viel Salat zum Essen gegeben hatte. Meine gut gemeinte Verpflegungsaktion hatte ihm solche Blähungen beschert, dass es ihn wahrscheinlich innerlich zerrissen hatte. Grausam. Ich fühlte mich damals als brutale Mörderin. Diesem Vorgang wollte ich deshalb schon damals internistisch auf die Spur kommen. Und heute? Journalistin. „Auf was hattest du denn noch nicht gehört?", fragt mich mein kleines Ich neben mir. Ich werde verlegen, als würde ich mich dieser Frage wirklich stellen müssen. Schuldig. So fühle ich mich. Nicht auf mich gehört zu haben. Eigentlich muss ich meinem kleinen Ich noch viel mehr beichten. Wie oft hatte ich mich selbst verlassen und mich nach anderen gerichtet? Was für eine Phrase? Warum ist man sich so oft untreu und so selten bei sich? Um geliebt zu werden, um Anerkennung zu genießen und einfach mitspielen zu dürfen. Mit dabei zu sein.

Mit dazuzugehören. Eigentlich traurig, wie angepasst wir unser Leben inszenieren. Ich sollte und wollte von nun an mehr auf mich hören, mir treu sein. Sollte meinem kleinen Kind in mir zuhören und auf die Sehnsüchte hören lernen. Und mit meinem Vater werde ich gleich beginnen. Hoffentlich geht es ihm den Umständen entsprechend gut. „Mama, weißt du eigentlich, wie schön du bist?“, meine beiden Kleinen stehen vor mir und haben mich beobachtet. Ich bin verlegen. Fast schäme ich mich vor meinen eigenen Kindern. Doch für was? Ich strahle sie an. „Und ihr beiden ... Wisst ihr eigentlich, wie sehr ich euch liebe?“

Er wollte doch immer ein Buch schreiben.

# Neunzehnhundertdreiundsiebzig. Er.

Diese Woche. Nun war sie endlich vorbei und ich sitze hier. So schlimm war es dann doch nicht. Vieles wird nicht so heiß gegessen, wie es gekocht wird, so der gute Volksmund. Richtig. Ich sehne mich weg von dieser Woche und hin zum Wochenende. Und ist es anders? Wenig. Bin ich mit meiner Traumreise am Parkplatz weitergekommen? Ich starre aus dem Fenster. Sehe, wie eine Fliege einen Landeplatz auf einer meiner toten Balkonpflanzen findet. Es scheint sie nicht zu stören, dass hier nichts mehr wächst. Der Wind bewegt das verbliebene Gestrüpp gleichförmig in den Töpfen. Die Fliege stört auch das wenig. Sie scheint sich ganz entspannt zu sonnen. Können das Fliegen? Sonnenbaden? Mit dem Gedanken darüber zieht eine Wolke über die Sonne.

Wie in einem Theaterstück verändert sich die Farbe meines Blickes. Gegenüber sehe ich andere Balkone, hinter denen anderes, mir unbekanntes Leben gelebt wird. Was dort wohl vorging? Mit dem Verschwinden der Sonne wird auch die Fassade, auf die ich blicke, grauer und damit trist. Trotz all meiner Neugierde verwehren mir die dunklen Höhlen der Balkonschluchten den Blick in die dahinterliegenden Räume. Im weitesten Sinne kenne ich diese Wohnungen. Denn alle Grundrisse waren langweilig eintönig und gleich gehalten.

Hinter dem Balkon befindet sich in jedem Falle das Wohnzimmer, der gemeine Ort der Begegnung. Mein Blick gleitet in meiner Fantasie tiefer und tiefer in die gegenüberliegenden Wohnungen. Würde man von diesem Wohnzimmer ins Schlafzimmer gehen, führt der Weg am Ende des Zimmers rechts zum kleinen dunklen Flur, an der Küche erneut zur Rechten vorbei, der ebenfalls vom Architekten ein kleines Fenster auf den Balkon gegönnt wurde. Links den Ein- oder Ausgang passierend, dann zum Schlafzimmer. Keines der Schlafzimmer hat einen Balkon, dafür große Fenster, die schon knapp über dem Bodenheizkörper beginnen. Und wenn dieser großformatige Ausblick nicht nahezu in jedem Falle schützend und geheimnisvoll durch dunkle Vorhänge verhängt worden wäre, könnte er manches Mal wunderbare Einblicke gewähren. Gibt es aber nicht. Ein gefundener alter Feldstecher ließ mich kurz nach meinem Einzug hier der Versuchung erliegen, Ausschau nach vermeintlich frivolen Szenen zu halten. Stellte ich mir doch in meiner blühenden Fantasie die verwegensten Abenteuer vor. Beflügelt vom erotischen Äußeren meiner Nachbarin, Frau Sewes, Flugbegleiterin und – logisch – Single, machte ich mich auf den Weg, erotische Sensationen auszumachen, obwohl ich gerade ihr Schlafzimmer gar nicht entdecken konnte, da sie ja neben mir wohnte. Wollte ich ihr Reich der Sinne ergründen, würde ich einen Winkelfeldstecher benötigen. Doch ich entdeckte nichts. Weder dort, in Ermangelung einer Spezialausrüstung, noch gegenüber. Nichts.

Als ich als Kind mit meinen Eltern – damals verstanden sie sich noch – das erste Mal am Meer war, befreundete ich mich mit einem italienischen Jungen meines Alters. Ricardo, so hieß er, hatte große Freude daran, mir sein kleines Dorf zu zeigen. Was für eine ungewöhnliche Vorstellung, das ganze Jahr am Meer zu leben, dort, wo andere Urlaub machen. Ricardo kannte es gar nicht anders. Wahrscheinlich wäre er ebenso begeistert, von meiner Erfahrung aus der Großstadt München mitten in Deutschland zu erfahren? Mitte Deutschlands. Lustig. Damals war für mich München der Nabel der Welt. Wie sich doch alles im Laufe des Lebens verändert. In der Kindheit steht die Zukunft im Nebel und im Alter vernebelt sich die Vergangenheit im „Früher-war-alles-besser"-Modus. Können wir unserer Vorstellung vertrauen? Ricardo erfuhr von meiner Stadt alles, was auch ich wusste. Obwohl wir zwei unterschiedliche Sprachen sprachen. Ich Deutsch, er Italienisch. Wir verständigten uns mit Händen und Füßen und wenn es nötig war, malten wir dem anderen etwas auf. Wir setzten uns über alle sprachlichen Barrieren hinweg. Eine Möglichkeit, die mit zunehmendem Alter scheinbar schwindet. Je mehr wir vom Leben und uns wissen, desto mehr Hemmungen entwickeln wir synchron. Quasi eine fortschreitende Hemmschwellung. Wir aktivieren aus „guter" Erfahrung zu viele Filter und verwehren uns der offenen kindlichen Unbekümmertheit. Nichts in der Zukunft scheint uns als Kind wirklich wichtig. Außer Weihnachten. Und Geburtstag natürlich. Darüber hinaus gibt es keine emotionale Zukunft und schon gleich kein Alter. Niemals hätte ich gedacht, dass ich jemals so alt werden würde, wie ich heute schon bin. Schon wieder lustig. Sehr. Wir hatten einen großen Spaß.

Neben der ersten Pizza aus einer original italienischen Pizzeria – warum gab es bei uns so etwas noch nicht? –, die mir Ricardo schenkte, weil sein Vater Pizzabäcker war, machten wir eine große geheimnisvolle Entdeckung. Jeden Nachmittag, wenn meine Eltern glaubten, ich sei irgendwo am Strand unterwegs und würde Muscheln sammeln, verdrückten wir eine ganze Pizza. Und das war keine kleine Pizza. Wir suchten uns einen lauschigen Platz im Schatten, meistens unter den kühlenden Nadelbäumen, die am Strand angrenzten und eben diesen von der Straße trennten. Die Ameisen, die sich einen Kreisverkehr um den Baum bahnten, waren uns egal. Leben und leben lassen. In jenem Falle war ich in Rufweite meiner Eltern und dennoch weit genug weg, um Ricardo meine volle Aufmerksamkeit zu widmen. Ich konnte meine Eltern sehen, sie mich aber nicht. Das war gut und wichtig. Und klug, meinte ich.

Denn wenn am Abend der Strand langsam leerer wurde, war es so weit. Wir hatten einen Auftrag. Einen Job, den Ricardo schon mit einigen meiner Vorgängern und seinen Urlaubsbekanntschaften professionell einstudiert hatte. Seine Routine war unübersehbar. Unser Weg führte uns zu einem der Hotels. Auswahlkriterium Flachdach. Wir schlichen uns vorbei an der Rezeption und alleine das war schon ziemlich aufregend. Hatten wir das Treppenhaus gefunden, rannten wir mit atemraubenden Schritten nach oben in Richtung Dach, als würde uns jemand folgen. Doch die Wahrheit war, keiner kümmerte sich ernsthaft um uns. Hier in Italien durften Kinder mehr machen, lauter schreien und länger aufbleiben.

Alleine das machte dieses Land schon so wunderbar. Mehr dürfen, mehr machen, weniger müssen. Frei sein. Ein geniales Lebensziel. Oben angekommen, dem nicht vorhandenen Verfolger entwischt, suchten wir geradewegs den Dachausstieg. Er befand sich meistens in der Nähe der Aufzugsanlage. Nach dem Ausstieg im letzten Stockwerk, der sich in der Regel neben jedem Treppenhaus befand, mussten wir die oftmals kleine, versteckte Treppe zur Luke finden, die sich, betrachtet man das Hotel von außen, neben dem Technikaufbau am Flachdach befand. Wie kleine Wachtürme auf jedem dieser Dächer, wenn das Haus eben solche moderne Liftanlage vorzuweisen hatte. Kaum ausgestiegen, erfassten unsere Blicke sofort, ob wir erfolgreich sein könnten oder nicht. Hatten wir Glück und fanden das, was wir suchten, offenbarte sich vor unseren Augen eine „Pilzlandschaft“ aus Betonröhren und Metallhütchen. Die Objekte unserer aufgeregten Suche waren also diese Endstutzen der Entlüftungsrohre, die die darunterliegenden, meist fensterlosen Badezimmer mit Frischluft versorgten. In vielen Fällen waren die kleinen Hütchen auf den Röhren, die dadurch ihr pilzförmiges Aussehen gewannen, nicht fest verschraubt. Auch das war sehr italienisch, eben nicht alles perfekt. Bei uns Deutschen muss ja immer alles passen. Scheinbar genetisch bedingt. Die italienische DNA, so erkannte ich damals schon, ist anders geformt und viel spannender.

Wir machten uns also an die Arbeit und überprüften den Sitz aller Hütchen. Und klar, die meisten waren mit Leichtigkeit abzuheben und entlockten uns immer wieder einen

Freudenjuchzer. Am Ziel! Nun mussten wir nur noch warten, bis die allabendliche Duschzeit anbrach – und wir hatten die Aussicht auf Nacktes! Doch es gab zwei Bedingungen. Es durfte weder regnen noch durften wir unsere große Entdeckerfreude laut mitteilen, sonst hätte es die sich erfrischende Person unter uns sofort bemerkt.

Doch wie so oft im Leben waren auch hier die Vorstellung und die damit verbundene Aufregung wesentlich interessanter als die tatsächlichen Ausblicke. Die Qualität unseres Lebens wird durch unsere Erwartungen bestimmt. Und aus der Sicht unserer Kinderaugen waren es meist gruselige Bilder, die wir zu sehen bekamen. Geprägt von der Freude der lustvollen Angst und dem beschämenden Hässlichen. Konnten wir uns dann doch einmal gar nicht mehr zurückhalten und krümmten uns vor Lachen, wurden wir meist entdeckt, aber nicht erkannt, ließen den Pilzhut einfach an Ort und Stelle fallen und rannten so schnell davon, wie wir gekommen waren. Pure Freude. Diese Leichtigkeit fehlt mir heute.

Ich schmunzle. Zurück in meinem kargen Wohnzimmer. Die Wände weiß, kläglich versucht, mit Raufasertapete praktisch zu verschönern. Ich sitze auf braunem Teppichboden. Mein Blick schweift zur REVOX-Stereoanlage, die mich aus dem Gegenüber stumm anblickt. Mein ganzer Stolz. Teuer. Dafür gibt es ein einmaliges Klangerlebnis. Darauf je ein Bild von meiner Mutter und meinem Vater. Zwei getrennte Bilder. Hinter mir ein Bücherregal mit Dingen, die mich an mein bisheriges Leben erinnern. Bücher, einmal oder keinmal gelesen, Fotoalben, ein graues Telefon, dessen eierschalenfarbige Drehscheibe auf Einsatz wartet. Kein Sofa. Keine Vorhänge. In mein Wohnzimmer könnte mein Gegenüber blicken. Ich habe keine Geheimnisse. Wirklich? Ein paar Kissen. Ein Kaffeehaustisch mit zwei Stühlen, die ich auf dem Flohmarkt erstanden habe. Angeblich ein Original aus Wien. Doch das erzählen wahrscheinlich alle Trödler am Markt.

Geschichten eben. Momentaufnahmen, um die wir unsere fantasievolle Erinnerung spinnen. Allenfalls Kilometersteine am verblassenden Wegrand. Wir spinnen sie zu einem roten Faden, dessen Netz wir dann Leben nennen. Damit wir uns Halt und Sicherheit suggerieren. Verstricken wir uns da nicht? Überhaupt fühlt es sich an, als würde ich mein Leben wie einen Kilometerzähler abspulen, Kilometer um Kilometer. Kilometer fressen, ohne überhaupt einschätzen zu können, wie lange das Vehikel, also ich und das, was ich für meinen Körper halte, überhaupt durchhalten wird. 500.000 km wie ein fettes Taxi? Oder 50.000 km wie ein kleines Moped? Wer weiß das schon? Ist es relevant zu wissen, wie lange wir leben? Würden wir uns dann anders verhalten, wenn wir wüssten, das Leben hätte ein nahes Ende? Schon wieder setze ich mich selbst unter Druck. Alles muss perfekt und wohldurchdacht sein. Aber es war doch eben Freitag! Wo ist der Sinn geblieben?

# Am nächsten Tag. Er und sie.

Der Morgen danach. Samstag. Das Telefon klingelt. Ich nehme den Hörer ab. Uwe, mein alter Kumpel, ist am anderen Ende. Und ich auch, bald. Uwe ist anders als andere Freunde. Das macht ihn interessant und gleichzeitig speziell, manches Mal anstrengend. Er kommt aus bestem Hause und hat so viel mit mir gemein wie ein Hase mit einer Schildkröte. Hase heißt, fit wie ein Turnschuh: blond, groß, sehnig, durchtrainiert. Und Schildkröte heißt eben Schildkröte. Hat ja auch nichts anderes zu tun. So viel trainiert, dass man meinen könnte, er müsse der ganzen Welt davonlaufen. Neid? Möglicherweise. Aus bestem Hause heißt für Uwe aber auch, dass seine Eltern genau gewusst haben, wie man zu Geld kommt. „Altes Geld", wie man so schön sagt. Äh, ganz wertfrei natürlich. Sage ich mal so. Sie waren und sind einfach nur geizig. Selbst beim Namen hatten sie für Uwe nur drei Buchstaben übrig. Nur nicht zu viel geben. Ja, das ist Uwe. Auch beim Job. Natürlich muss er mit diesem finanziellen Hintergrund nicht wirklich arbeiten. Jeder, der genau das mit ihm tut, bemerkt auch schnell, dass Uwe sehr zurückhaltend mit seinem Arbeitseinsatz ist. Er hat gewissermaßen eine seelische Mehlstauballergie gegen gewöhnliches Arbeiten. „Hey, Ehrenleben ...", er spricht mich immer nur mit meinem Nachnamen an und auch das hasse ich,

„… schon aufgewacht?“ Nicht witzig. „Haste gesehen? Ist verdammt schön da draußen. Dieser schöne Samstagmorgen ruft nach uns, Ehrenleben!“ Diesen Ruf habe ich allerdings noch nicht vernommen. Und als ahnt Uwe genau das, setzt er nach: „Häschen hoppeln sehen?“ So bezeichnet er weibliche Wesen, die ebenfalls im Wald laufen gehen, wenn auch in deutlich verminderter Population. Ich bin also wieder einmal hin und her gerissen. Simon, die Schildkröte. Soll ich nun entspannt, aber wieder alleine frühstücken gehen und Liebespaare bei ihrem Glück beobachten oder mir meine alten, nachlässigerweise ungewaschenen Sportklamotten anziehen und mit Uwe laufen gehen? Unfassbar, selbst zu solch einfachen Luxusentscheidungen bin ich zunehmend weniger imstande. Im Grunde genommen habe ich alles und es fühlt sich dennoch an wie nichts! Wie Scheiße ist das denn? „Hey, trimm dich fit!“, bleibt er unnachlässig ermunternd. Als ob das nun eine Motivation wäre. Das Motto ist doch was für die Alten und Fetten, denen die Wirtschaftswunderjahre zu gut bekommen sind. „Also gut, Uwe, innerer Schweinehund überwunden, ich mache mit!“ „Oh, Ehrenleben, das war ja mal eine spontane Entscheidung! Dort, wo wir uns immer treffen, du weißt schon ...“ „Hey, mein richtiger Name ist Simon und nicht Ehrenleben, du ...“, er hat längst aufgelegt. Da mute ich mich mal zu und dann hört wieder keiner hin. Nicht komisch.

Ich hole mein metallic rotes Klapprad aus dem Keller. Ich muss sehr, sehr komisch auf diesem Zweirad aussehen. Wer hat eigentlich ein Rad erfunden, das zusammenklappbar ist? Viel zu kleine Räder, eindeutig ein Fahrrad für Mädchen, maximal für Frauen, aber doch nicht für einen ausgewachsenen Mann. Ich strenge mich an, richtig an. Mein Gott, sehe ich Scheiße auf diesem Ding aus. Und während ich im Moment diesem doch sehr auf Äußeres bezogenen Gedanken nachgehe und fest in die kleinen Pedale trete, passiert es. Ich bekomme gerade noch mit, wie sich das eh schon grottenschlechte Fahrverhalten deutlich und drastisch verändert, doch es ist eindeutig zu spät. Dieses Faltfahrrad macht seinem Namen alle Ehren und gibt mir gleich den Rest. Denn es transformiert sich zu einer Schlange. Mit einem jämmerlichen, erst leisen, dann lauten, eigentlich warnenden und jetzt quietschenden Knacken beginnt sich die große schwarze Verschraubung genau dieser beiden Teile, also des vorderen und hinteren Teils des Drahtesels, zu lösen. Das Scharnier geht auf. Ich erlebe mich, wie ich in unfreiwilliger und wahrscheinlich urkomischer, artistisch anmutender, aber nicht vorhandener Kunstfertigkeit für einen ganz kurzen Augenblick Schlangenlinie fahre. Ich schaffe es aber dennoch nicht gegenzusteuern, denn genau in dem Moment, in dem ich es versuchen will, klappt sich das Fahrrad komplett zusammen. Durch diese spontane Entkoppelung des „Vorderwagens" gesellt sich das Vorderrad urplötzlich neben das Hinterrad und entzieht mir in einem einzigen krassen Ruck den Lenker, sodass ich dermaßen auf die Fresse fliege, dass mir Hören und definitiv auch Sehen vergeht. Es fühlt sich an, als hätte mir jemand das Rad einfach unter meinem Hintern weggezogen. Ich liege in der Wiese neben dem Waldweg, der mich zu unserem Treffpunkt führen sollte. Ein Glück. Ausnahmsweise mal weich geflogen. Relativ. Trotzdem ist meine linke Seite anscheinend in Mitleidenschaft gezogen. Ich stöhne. Versuche, mich aufzurichten. Es tut weh. Fies weh. Ich muss mich erst einmal orientieren. Alles ging so schnell, dass ich tatsächlich kurz verstört bin. Doch der Aufprall hat nicht nur mir geschadet, auch das Fahrrad ist dahin. Durch den Crash liegt das Rad endgültig in zwei Teilen neben mir. Glücklicherweise scheine ich gerade auf dieser Welt alleine zu sein. Niemand entdeckt mich. Und natürlich wieder typisch für mich – Simon Ehrenleben fliegt vom Rad und denkt sofort an die anderen. Wer könnte was und wie über mich sagen? Mannomann.

Nachdem ich mich gefasst habe und wieder stehen kann, bemerke ich, dass ich echt Glück hatte. Außer dem kurzen Schock und etwas Kopfsausen hat sich mein Körper wieder im Griff. Oder ich ihn? Wie auch immer. Ich nehme die beiden Teile des Fahrrades und werfe sie in die Büsche rechts neben dem Waldweg. Sie verschwinden im Nichts, weil es nach den Büschen einen Abhang nach unten geht. „Ja, Simon, du hattest Glück!“, bestätige ich mir selbst.

Ich gehe weiter. Eine Viertelstunde später erreiche ich unseren vereinbarten Ort. Der Weg zum Wald geht über in einen Weg in den Wald. Manches Mal gab es im dichten Fichtenwald einen Fuchs zu entdecken, der die Nähe zur Stadt als persönlichen Supermarkt nutzte und Essensreste aus dem Großstadtmüll jagte. Ich sehe Uwe aus weiter Ferne, bevor er mich sehen kann. In dem Moment, in dem er mich entdeckt, beginnt er hektisch zu winken: „Ehrenleben, wo bleibst du denn?“

Nein, ich werde nichts erzählen. Und nachdem sich Uwe nicht wirklich um andere kümmert, fragt er auch gar nicht, warum ich den weiten Weg zu Fuß gegangen bin. Na, das kann ja gut werden! Beklagt es sich tief in mir.

Schmerzen. Wir laufen also los und ich überlege bereits nach den ersten Metern, was mich mehr hindert: meine linke immer noch schmerzende Seite, der ausgelatschte Sportschuh, der mich drückt, oder der Atem, der mir fehlt? Und zu der Frage vom Parkplatz „Wo stand ich in meinem Leben?" gesellt sich jetzt eine neue dazu: „Wo laufe ich da eigentlich hin?" Laufe ich vielleicht gerade auch noch vor etwas davon? Ich bemerke, wie ich immer mehr außer Puste komme.

Wir laufen noch nicht einmal 20 Minuten und ich bin bereits am Ende meiner Kräfte. In mir macht sich mein bestens bekannter Einpeitscher bereit und breit: „Du musst jetzt einfach etwas schneller laufen, konzentriere dich, du kommst Uwe locker hinterher ...!" Und ich strenge mich an. Wie immer, wenn mich diese brutale innere Stimme zu Höchstleistungen motivieren will. So gut es mein Zustand überhaupt zulässt, beobachte ich Uwe, der sich auch noch locker mit mir unterhält, während er rennt. Zugegeben, es breitet sich in mir ein Gefühl von Neid aus. Weil ich einfach nicht zulassen will, dass er schneller ist als ich. Jeder Schritt ist unter meinen Füßen zu spüren, jedes noch so kleine Steinchen wird mental zu einem immer unüberwindbareren Felsbrocken. Der Weg, der vor mir liegt, scheint nie enden zu wollen. Ich spüre das Pochen an meiner Schläfe, fühle, wie mein Mund immer trockener wird und mich der Gedanke an eine kühle Dusche, in der ich nur den Mund aufmachen muss, um damit Wasser im Überfluss zu erhaschen, abschweifen lässt. „Ich bleibe dran!“, konditioniere ich mich innerlich, „ich weiß doch, dass ich mal besser war, es muss doch gehen!“ Und da ist sie wieder, die Spirale der Perfektion, der Drang nach besser, schneller und höher – verdammt, ich kann nicht mehr! „Uwe, ich muss mich jetzt etwas ausruhen, lauf du noch eine Runde weiter, wir treffen uns dann wieder!“ Geschafft! Ich bin endlich einmal ehrlich zu mir selbst! Seit Langem wieder einmal. Ich zeige meine wahre Befindlichkeit und höre auf mich. Höre endlich auf, mich zu schinden, es besser machen zu wollen als andere. Ich bin mir plötzlich ganz nah. Ehrlich.

Pause. Ich lehne mich mit dem Rücken an einen unfassbar gigantischen Baum, der mir sofort den erhofften Halt gibt. Ganz uneigennützig, er ist einfach da. Das fühlt sich schon mal ziemlich gut an. Die Struktur der Baumrinde drückt sich in meinen Rücken und stützt mich. Jetzt, genau in diesem Moment des Herabsinkens stelle ich fest, wie erschöpft ich bin. Was stelle ich bloß mit mir an? Weit über meine Verhältnisse, immer am Limit, aber immer noch nicht dort, wo ich sein will? Will ich? Ich fühle den warmen weichen Moosboden unter meinem Hintern und gewinne im wahrsten Sinne des Wortes Bodenhaftung – auch in mir. Außen feucht und weich, innerlich beruhigend. Ich atme tief durch. Der kraftvolle Duft des Waldes tut mir sichtlich gut. Ich atme immer ruhiger, spüre, wie mein Herz wieder in meinen eigenen Rhythmus kommt. Alles scheint dennoch etwas ferngesteuert zu funktionieren.

Auch das kenne ich. Ich habe es mir an diesem schattigen Plätzchen gemütlich gemacht und beginne plötzlich gedanklich mit meinem Chef zu diskutieren. Schon wieder verliere ich mich selbst. Statt einfach nur einmal hier zu sein, sinniere ich über die Aufgaben, die diese Woche wieder nicht fertig geworden waren, über das Mitarbeitergespräch, das nicht so gelaufen war, wie es sich die Geschäftsleitung vorgestellt hatte – und plötzlich sehe ich mich selbst in Gedanken, wie ich eine Pappnase auf der Nase trage und mit einer Tröte vor mich hin pruste. In bester Karnevalsmanier, obwohl ich Karneval noch nie leiden konnte! Damit verändert sich auch die Situation schlagartig. Dieser lustige Zwischenakt verändert das Geschehen vor meinem geistigen inneren Auge. Ich nehme mich selbst plötzlich nicht mehr so ernst und damit wird auch die Situation erleichternd. Entspannung macht sich breit. In meinem Kopf, aber auch endlich in meinem Körper. Ich fühle, wie sich meine Muskeln freuen, einmal nachlässig sein zu dürfen. Nehme ich alles viel zu ernst? Ist die Welt um mich vielleicht gar nicht so erwachsen, wie von mir vermutet?

„Guten Morgen, Wandersmann!" Es reißt mich aus meinem Gedankenkonstrukt. Vor mir steht eine bildhübsche Frau. Ungewöhnlich, von einer Frau angesprochen zu werden. Während sie sich in der Sonne räkelt und ihre Dehnübungen gemäß „Trimm-dich-fit-Trainingsplan" – die neueste Welle scheint die ganze Welt erfasst zu haben – ausführt, mustere ich ihren durchtrainierten Körper. Er scheint perfekt. Ich bin wie verzaubert. Ihre Beine lang, gazellengleich. Die Haut leicht getönt, nicht zu viel und nicht zu wenig, wie man es jetzt auch in den Modemagazinen sieht. Ihre weiblich straffen Muskeln spielen ein lustiges Auf und Ab und Hin und Her während ihrer Dehnbewegungen. Urplötzlich komme ich mir vor wie in meinem eigenen Märchen. Die Vöglein zwitschern, die Sonne wärmt, der Schatten kühlt und der Duft verzaubert mich. Es riecht so angenehm, so frisch. Genauer gesagt ist es ihr Duft, der mich betört. Natürlich geschwängert mit feinstem Parfum ohne jegliche Beigabe natürlichem Körpergeruchs. Aber auch den würde ich gerne einmal einatmen. Ich hasse es, wenn Menschen schon von Weitem nach Waschpulver riechen. Eine absonderliche Darstellung von Reinlichkeit. Alles Chemie. Alles künstlich, wie so vieles in unserer Welt.

Ist das jetzt ein Traum? „Schön, einen solch kraftvollen Baum hinter sich zu spüren, nicht wahr?“ „Äh, Baum, ja … Kraft habe ich gerade keine mehr!“, äußere ich zögerlich. „Es sind die Wurzeln, die ihm so viel Kraft geben. Aus den Wurzeln zieht jeder Baum die wesentlichen Nährstoffe, die er braucht! Wussten Sie das nicht? Es ist wie bei den Menschen, ohne Wurzeln sehen wir ziemlich alt aus, oder?“ „Wie meinen Sie das?“ Für den Moment weiß ich nicht, wie ich jetzt intelligent kontern könnte. Ich strenge mich an, intelligent zu wirken, gebe vor, ihr geistig folgen zu können – dem war bei Weitem nicht so –, und bin darauf bedacht, jetzt nichts Falsches von mir zu lassen. Will ich doch eine gute Figur abgeben, zumindest innerlich, äußerlich scheint dies gerade schwierig bei fünfzehn Kilo Übergewicht! Solche elementaren, nein, fast schon existenziellen Situationen bergen immer eine Art Aufforderungscharakter in sich, meine innere Stimme sagt zu mir: „Tu doch was, handle jetzt!“. Doch ehe ich ein Wort herausbringe, beginnt sie ihre eigenen Gedanken über mich und die Situation zu vervollständigen: „Na ja, Entschuldigung, ich dachte wir hätten die gleichen Gedanken, da Sie gerade so entspannt am Baum lehnen …, ich dachte Sie meditieren nach dem Laufen, ich mache das ab und zu gerne, um dem Stress des Alltags zu entfliehen.“ Sie versucht, sich selbst aus der eigens inszenierten Situation zu retten, eine Art Wiedergutmachungsversuch. Meditieren? Machen das nicht nur indische Mönche? Sie scheint nun überdeutlich wahrzunehmen, dass ich nur langsam folgen kann. „Ja, richtig, eine Art Meditation war das schon. Aber was hat das mit Wurzeln zu tun?“ Ich versuche, den Anschluss nicht zu verpassen. „Na ja, die Natur macht es uns vor“, sie scheint es mit mir doch noch nicht aufgegeben zu haben, „... wenn wir Menschen keine Verbindung zu unseren Wurzeln haben, – hat ja alles etwas mit unseren Bindungen zu tun, fällt mir da gerade auch noch selbst auf – also nicht wissen, wo wir herkommen, dann wird es uns schwerfallen, irgendwohin zu gehen.“, brilliert sie weiter. Wow! Jetzt bin ich platt! Sie redet nahezu ohne Punkt und Komma und ich fühle mich immer stärker beobachtet, als würde sie überprüfen, ob ich es jetzt langsam gespannt hätte. Warum kann ich nicht einmal so sein, wie ich sein könnte? Wer war ich, wenn keiner zuguckte? Tat ich alles, was ich tat, nur deshalb, weil es andere von mir verlangten? Wohnte ich schon so in den Gewohnheiten? Wie könnte ich mich zeigen, wenn ich mich einmal fern der Vorstellung verhalten könnte, von der ich glaube, dass sie andere von mir haben?

Ich verpasse langsam den Anschluss ihres philosophischen „Vortrages". Hatte sie eine Doktorarbeit zu schreiben oder was war das hier für eine absonderliche Vorstellung? „Wissen Sie, wenn Menschen mit Mutter und Vater eine schlechte Verbindung haben oder sich gar immer nur ärgern, dann kann es uns ja nicht gut gehen, weil wir dann immer im Unfrieden leben müssen! Aber ich will Sie jetzt auch nicht weiter langweilen, wollte eigentlich nur meine Freude über diesen wunderschönen Vormittag mit Ihnen teilen, nichts für ungut!" Stopp! Jetzt zerrinnen mir die Chancen in meinen immer noch schwitzigen Fingern, sie versucht das Gespräch zu beenden.

Wenn ich nur wüsste, was ich jetzt von mir geben könnte! Doch ich bin wie betäubt, wie ein Tiger im Wildpark, der kurz vor einer medizinischen Untersuchung steht. Ich bin nicht einmal fähig, nach ihrem Namen zu fragen, geschweige denn, einen logischen Anschluss an das Gesagte zu finden! Sie winkt mir fröhlich zu und wirkt vor meinen Augen wie die Schaumnixe, die wir gerade für einen Seifenhersteller planen. Wie in einem Werbespot taucht sie vor mir auf und wieder ab, macht sich in Richtung Waldparkplatz auf und davon. Sie springt auf ein Fahrrad und verschwindet ebenso schnell, wie sie aufgetaucht war. Von dieser unerwarteten Werbepause mitten im Wald bin ich massiv beeindruckt, wobei ich nicht sortieren kann, was mir am meisten zu denken gibt, die optische Präsenz der Werbenixe oder die inhaltliche Darbietung? Das mit den *Wurzeln* hörte sich fast etwas ernst an, aber auch irgendwie logisch. Erst jetzt bemerke ich, dass ich näher am Geschehen bin, als ich vorher wahrnehmen konnte. Ich entdecke jetzt immer mehr Sportler, während ich weiterhin auf den Parkplatz starre, auf dem jetzt eben jenes Fahrrad fehlt, das mir vorher gar nicht aufgefallen war. Schon wieder fehlt etwas! Schon wieder Parkplatz! Erst hatte ich dieses Erlebnis und jetzt erzählt mir eine fremde Frau etwas über Wurzeln. Ja, irgendwie passt es auch zu meinen mitternächtlichen Überlegungen auf dem Parkplatz. Witzig, es gibt schon seltsame Zufälle!

Ich werde auch diesen Gedanken nicht mehr los. Nun denke ich tatsächlich an meine Mutter und meinen Vater. Und als hätte die Schönheit mich gekannt, als hätte sie es gewusst – mein Verhältnis zu ihnen ist wirklich nicht der Rede wert. Wow, das klingt echt hart! Nicht der Rede wert? Apropos reden, gesprochen wurde bei uns zu Hause nicht viel. Während ich mir Gedanken über meine Wurzeln mache, fällt mir auf, dass in meiner Familie niemand wirklich etwas vom anderen weiß, keiner wusste vom anderen, was er wollte. Und auch ich ahne nicht, in welchem Bereich ihres „Lebensparkplatzes" Mutter und Vater stehen. Hat das nun wirklich etwas mit mir zu tun? Soll ich, muss ich ihnen heute helfen? Jetzt, wo sie so alt sind? Oder war es geschickter, sie wieder einmal um Hilfe zu bitten? Aber ich bin doch kein kleines Kind mehr! Doch gerade fühle ich mich wieder so. So, wie im Büro, unter „Erwachsenen".

Uwe schlägt mir auf die Schulter: „Hey, alter Schlappschwanz, dir geht ja ganz schön schnell die Puste aus!" Dabei verpasst er mir eine Kopfnuss – er nennt das „Liebesbeweis unter Männern" – wie früher in der dritten Klasse, die wir gemeinsam besucht haben. Mann, ich könnte kotzen, werde richtig wütend. Und ich weiß noch nicht mal, auf was! Ich stehe auf und wir gehen langsam – zum Parkplatz. Uwe redet und redet und seine Worte fliegen an mir vorbei. Meine Gedanken kreisen immer noch um Wurzeln und dass ich über den „Nährboden" dieser hübschen und mich beeindruckenden Fata Morgana auch gerne mehr erfahren würde. Ich erzähle Uwe nichts davon, denn er würde sich wieder darüber lustig machen, dass ich es einmal mehr nicht fertiggebracht habe, einer „Stulle" einfach mal eine Telefonnummer abzuschwatzen, die Angel nicht nur auszuwerfen, wie er es nannte, sondern auch den Fisch zu angeln. Und überhaupt, „was sei ich für ein kleiner Versager!". Das muss ich mir nicht auch noch sagen lassen. So sind wir Männer. Ich bemerke, wie sich Traurigkeit breitmacht. Traurigkeit, die ich schon von frühester Kindheit kenne und die ich auch immer in den Augen meiner Mutter gesehen hatte …

# Zweitausenddrei, zu Beginn des Jahres. Er und es.

Pflichtveranstaltung: Mein Vater lädt mich zu einem Theaterbesuch ein. Er ist sehr krank. Und genau das macht mich als seine Tochter seit einiger Zeit schon sauer, ja fast schon aggressiv. Und die Tatsache, dass ich ihm als sein Kind nicht einmal böse sein sollte, eben weil er krank und dadurch schwach ist, macht mich noch wütender. Ich sage aber nichts. Bin ich mir zu gut, um böse zu sein? Wenn ich meinen Vater sehe, werde ich unkontrollierbar trotzig und sauer! Und gleichzeitig bin ich hilflos. Wie viel kann ich ihm überhaupt noch zumuten? Wie viele Fragen muss ich noch stellen? Wie viele würde er ertragen? Und überhaupt, würde er ehrlich sein, wenn ich ihn etwas aus seinem Leben frage? Es ist doch auch mein Leben. Es interessiert mich. Denn Mutter blieb mir viele Antworten schuldig. Schon früh hatte sie sich irgendwie zurückgezogen und mir das Feld überlassen. Ich liebe Vater. Und eigentlich hätten wir ein schönes Paar abgeben können, so meinten es seine Freunde, die uns sahen. Wie abwegig! Wie musste sich dabei Mutter gefühlt haben? Hatte ich ihr gar unbewusst einen Platz streitig gemacht?

Aufgeführt wird – wie passend – ein Familiendrama, als wäre ein gemeinsamer abendlicher Theaterbesuch nicht schon anstrengend genug.

Mein Vater liebt Premieren. Vielleicht, weil etwas zum allerersten Mal geschieht. Aber wie kommt er ausgerechnet auf diese Erstaufführung? Ein Amerikaner hatte ein tragikomisches Stück über eine ziemlich abgefahrene Familie geschrieben. In einem großen Landhaus führt ein Ehepaar ein zurückgezogenes Leben. Verdunkelte Fenster, abgeschottet von der Außenwelt haben sich die alkoholabhängige Ehefrau und der tablettensüchtige Ehemann in ihrem kleinen verkümmerten Leben eingerichtet. So lange, bis die Ehefrau verschwindet. Hat er das Drama gewählt, weil er mir damit etwas mitteilen will? Es kommt, was kommen muss, die Kinder werden nach Jahren des dürftigen Kontakts angerufen und finden sich langsam im Hause ein. Und mit diesem Re-entry, wie man in der Hitparade zu sagen pflegt, mit diesem Eintreffen bringen auch alle Mitglieder dieser Familie ihre Probleme im Gepäck mit. Keiner weiß wirklich etwas vom anderen. Der älteste Sohn wird von seiner Frau betrogen, die mittlere Tochter ist nicht mehr Herrin der Lage, als sie erfährt, dass ihre eigene Tochter drogensüchtig ist, und der jüngste Sohn hat eine Beziehung mit einer Minderjährigen.

Spannend so eine Familie, denke ich mir beim Durchlesen des Programms. Und interessant, dass Menschen scheinbar immer mit anderen Menschen ihre Probleme zu haben scheinen. Konnte man eigentlich auch Probleme haben, ohne mit anderen Menschen in Kontakt zu sein? Geht es, Probleme ganz mit sich alleine zu bekommen? Wenn ich genau darüber nachdenke, stelle ich fest: nein. Selbst „frei sein" macht eigentlich alleine keine echte Freude! Hätte ich alles, was ich bräuchte, Gesundheit, Schönheit, Reichtum, und wäre auf einer einsamen Insel, wäre das ziemlich fad, überlege ich. Ein erstes Fazit, bevor der Vorhang aufgeht. Also keine leichte Kost für mich, auf der Bühne wie auch im richtigen Leben da draußen: Das gemeinsame Miteinander scheint uns sprichwörtlich krank machen zu können!

Wir treffen uns im Foyer des Theaters. Ich blicke verwundert von meinem Programmheft auf, als mich Vater sanft berührt. Er hält zwei Gläser Sekt in der Hand. Wir stoßen auf unseren bevorstehenden Abend an. Das ganze Theater riecht etwas muffig. Die Wände sind mit Plakaten ehemaliger Aufführungen dekoriert. Ausgeblichene, durchgesessene, plüschige rote Sofas, gezeichnet von der Tatsache, dass solche Theaterbesuche offensichtlich etwas aus der Mode gekommen sind und Unterhaltung immer häufiger ganz stillos durch Videos generiert wird. Alles ist ja immer verfügbar, ob man will oder nicht. Für wenig muss man sich wirklich anstrengen, keinen Weg, keine Zeit abwarten, bis es endlich so weit ist. Einfach per Knopfdruck bestellen, schon beginnt das gewünschte „Schauspiel“. Und damit ist es ein wenig wie im eigenen Leben. Familienstress per Knopfdruck. Für meinen Vater ist es nicht weniger schwer als für mich. Warum hat er nur ein solches Stück ausgesucht? Will er mir zeigen, dass andere Familien noch zerrütteter sind als die unsrige? Dass es noch schlimmer geht? Ich denke an meine beiden Kleinen, die Opa sehr gut und Oma weniger gut kennen. Ich frage mich, was meine Mutter an diesem Mann so interessant fand. Wenn die beiden immer so unterkühlt miteinander umgegangen waren, wie ich in Erinnerung hatte, wäre ich wohl nie auf die Welt gekommen. Kalt, unsicher, gespielte Kommunikation. Ich denke, so werden auch Waschmaschinen verkauft. Der eine hat eine bestimmte Vorstellung von dem, was er an den Mann bringen will – alles, was darüber hinausgeht und den Rahmen des trainierten Verkaufsgespräches durchbricht, wird peinlich. Ich mache natürlich – wie immer – gute Miene zum bösen Spiel, passe mich an, wie das kleine Mädchen von damals, versuche unauffällig zu bleiben. Damit ich niemandem zu viel werde, angefangen bei meiner Mutter. Darin war und bin ich groß, Schnäuzchen halten, flexibel wie der Regenwurm „Willi-Würmchen" aus meinem Kinderbuch. Auf Umfeld und Umgebung reagieren, registrieren, umsetzen, anpassen. Genauso lade ich mir immer wieder und mehr von dem auf, was ich eigentlich loshaben will: Verantwortung für andere! Ich selbst vergesse dabei mein eigenes Leben, weil ich anderen entsprechen will. „Braves Mädchen!" Ich könnte aus der Haut fahren. Innerlich und selbstverständlich lautlos.

Ich erlebe den Hauptdarsteller als ebenso charismatisch wie dogmatisch, gleich meinem Vater. Warum machen Männer, warum tun Väter so etwas? Wollen sie die Großen sein? Wie im Tierreich? Müssen sie das vielleicht? Urinstinkt? Ist es dann gut, als Kind auch immer „kleiner" zu bleiben? Also nicht körperlich, sondern im Sinne einer Rangordnung? Ich schweife ab. Hoffentlich ist mir der Autor nicht böse. Aber der hört mich ja nicht mehr, er ist bereits verstorben. Auch dies hat er dann auf schauderliche Weise mit meinem Vater gemeinsam, der Tod steht an.

Neben der Tatsache, dass auch ich nun nicht mehr zuhöre und zwischendrin einige Details im wahrsten Sinne des Wortes verschlafe, tauchen wie im Traum auf der Bühne weitere ganz neue Darsteller auf: Plötzlich sind sie alle da. Adrett und nett, aber nur auf den ersten Blick. Es ist jetzt meine eigene Sippe, meine eigene Verwandtschaft, die hier auftritt. Irgendwie erinnert mich dieses Chaos, das dort auf der Bühne herrscht, tatsächlich immer mehr an meine eigene Familie. Es wird makaber, ich versinke immer tiefer in meinen Bildern und den Gedanken, welche Protagonisten dort auf der Bühne stehen müssen, um mein Familiendrama komplett zu repräsentieren.

Ich erkenne sie als Erstes: meine Mutter. Obwohl sie auch schon längst kränklich ist, zeigt sie sich hier auf der Bühne jung und dynamisch. Und ein Kind war das Letzte, was sie brauchen konnte oder was sie will. Dann komme ich selbst. Ich lerne rasch, mich unsichtbar zu machen, um geschmeidig durchs Leben zu kommen. Unsichtbar, ja, das ist der beste Trick. Denn ich kenne sie eigentlich nur so, kränklich, als Opfer, hier – auf der Bühne des Lebens – ist sie plötzlich ganz aktiv, sogar dominant. Sie steht in der Mitte, aber doch auch im Halbdunklen, fast poetisch anmutend. Halb im Licht und halb im Schatten. Auch im Leben, denn niemand weiß so recht mit ihr etwas anzufangen. Und auch ich konnte mich als Kind nicht wirklich auf sie verlassen. Wie auch auf der Bühne trank sie in jungen Jahren. Ein guter Freund, der Psychologe war, meinte einmal, das hätte sicherlich mit ihrem Vater zu tun, zu dem sie kein gutes Verhältnis hätte. Zweifelsfrei stimmt das. Meine Mutter erzählte einmal, dass sie allein für die falsche

Aussprache von „Apotheke“, nämlich „Aport-Hecke“ eine ordentliche Tracht Prügel bekommen hatte. Nicht schön. Aber dafür kann ich nichts, wenigstens dafür muss ich keinerlei Verantwortung übernehmen. Mit zunehmendem Alter ließ ihre Lust zu trinken nach, dafür zoffte sie sich mit meinem Vater, bis sie sich dann trennten. Vielleicht verwechselte sie ja meinen Vater, also ihren Ehemann, nicht mehr mit ihrem eigenen Vater und musste deshalb nicht mehr saufen? Ich bemerke, dass ich mich schäme, wenn ich so über meine Mutter denke. Darf man das? War ich zu beschämt, um so ehrlich zu sein?

Hinter meiner Mutter steht jetzt hier auf der Bühne ihre eigene Mutter, meine Großmutter. Ich habe sie kaum gekannt. Sie war auch nicht besonders nett und meine Mutter hatte ihrerseits von dieser Seite wenig Liebe erfahren. Das zeigte sich auch in ihrer eigenen Liebes(un)fähigkeit. Ich glaube heute, meinem Vater fehlte viel in dieser Ehe.

Mein Vater steht nun in seiner vollen Manneskraft. Wie König Arthur auf meiner Traumbühne, auch als Jüngling. Er wirkt noch kräftiger als heute. Blicke ich tiefer in die Kulisse auf der Bühne, wechselt mein Bild zwischen dem, was dort wirklich steht und meinem tatsächlichen Geburtshaus. Es war ordentlich. Nicht zu ordentlich, aber so, dass es für kommende Besucher genehm war. Die vielen Tische, Regale und Ablagen im Haus immer sauber, staubfrei, besonders der Glastisch neben der Samtcouch im Wohnzimmer. Hinterließ ich als Kind Fingerspuren auf der gläsernen Oberfläche, konnte ich mit Mutters Unfrieden rechnen. Das war keine Freude. Mit Folgen:

Ich unterließ es auch bald und achtete auf die durchgehende Transparenz des scheinbar wertvollen Tisches. Mutter und Vater verstanden sich nicht sonderlich gut. Wie auch? Was habe ich für eine Vorstellung von dem, was sich damals überhaupt abspielte? Mir dämmert, dass ich immer weniger von dem wissen kann, was damals wirklich los war. Vom Glastisch mal ganz abgesehen. Scheinbar muss der eine oder andere außen besonders viel Ordnung halten, wenn es im Herzen ziemlich unordentlich zugeht. Späte Erkenntnis. Kinder glauben einfach nicht, dass auch Eltern einmal jung waren. Ja, sogar miteinander geschlafen haben und Spaß beim Sex hatten! Schrecklich dieser Gedanke! Und ich selbst bin auch noch das Produkt einer solchen Freude! Geschmacklos. Und wenn die beiden miteinander ins Bett gingen, der Gedanken lässt mich nicht mehr los, hatten sie mich ja auch nicht gebraucht! Geht es anderen erwachsenen Kindern auch so? Warum glaube ich dann auch heute noch, dass ich für beide so ein Gefühl von Verantwortung trage? Warum verschwindet dieser belastende Gedanke einfach nicht? Fühle ich mich gar schuldig? Als wäre etwas offen, als hätten sie mir ursprünglich ein Geschenk gemacht, das es abzuzahlen gilt! Gleich einer Hypothek. Das Geschenk des Lebens? Muss ich jetzt ein Leben lang die brave Angepasste sein, weil ich meinen Eltern das Leben zu verdanken habe? Schon wieder so ein anstrengender Gedanke. Aber auch dieser lässt sich natürlich noch weiter steigern: Habe ich mir mein Leben auch noch selbst ausgesucht? Wie ein Engelein, das mit anderen im Himmel sitzt und darauf wartet, sich ein Leben auszusuchen und darin die schon längst vorgegebenen

Prüfungen und Aufgaben zu bestehen? Oh Mann, das wird ja immer schlimmer! Jetzt fange ich auch noch mit diesem Esoterikmist an, von dem mich meine beste Freundin schon immer überzeugen wollte. Ich solle auf mich selbst hören, war ihre eindrückliche Bitte gewesen, in mein Herz hören, weniger auf andere! Das würde wie ein Magnet auf die Liebe anderer wirken, sie hatte darüber viel gelesen. Wahrscheinlich schreiben eben diejenigen Autoren, die keine Ahnung vom Leben haben, genau darüber, damit alle anderen glauben sollten, sie wüssten, wie Leben funktioniert. Diese Herzensbrecher der Eso-Manie. Ich bemerke, wie ich immer weiter abschweife. Wie schwer war es gewesen, Mutter und Vater überhaupt zusammenzuhalten. Verdammter Mist, warum fühlte ich mich so verpflichtet? Als Kind das Bindeglied zwischen zwei Erwachsenen. Noch heute habe ich immer wieder das Gefühl, nur von Erwachsenen umgeben zu sein, und dennoch haben auch die alle keine Ahnung. Bei meiner eigenen Mutter und meinem Vater angefangen. Kaum zu glauben, was ich alles tun musste, um nicht in Ungnade zu fallen. Ich wusste genau, wann ich gut war und wann nicht. Ich denke mich immer mehr in Rage und nehme nicht mehr wahr, was um mich geschieht. Ja, das war ich – ein evolutionäres Anpassungsgenie, wie ein Chamäleon. Nur damit Ruhe war und Vater nicht strapaziert wurde! Und Mutter nicht wieder das Opfer war. Hatten wir Kinder es alle so schwer? Natürlich weiß ich, dass es in der Dritten Welt schlimmere Nöte gibt, kein Essen, Krankheiten. Und natürlich habe ich es da besser, ich bin ja auf der guten Seite des Lebens gelandet, ohne Hungersnot. Nein, verhungert war ich sicherlich nicht, sonst würde ich ja nicht hier sitzen und denken. Aber ich sehne mich zunehmend nach Fürsorge und Geborgenheit. Kommt meine Traurigkeit, die manches Mal auftretende Schwere genau davon? Von dieser selbst auferlegten Belastung? Von dem, was man sich selbst in den Lebensrucksack packt? Oder wurde einem das alles reingepackt? Hatte man, habe ich denn überhaupt einen eigenen Willen? Hilfe! Wo bin ich denn jetzt unterwegs? Man könnte ja meinen, ich hätte gar keinen freien Willen, wäre komplett frei von Selbstbestimmung oder eben gar von fremder Hand geleitet? Was wäre das dann für ein Leben?

Mitten in meinen träumerischen Vorstellungen werde ich erneut in meiner philosophischen Gedankenblase unterbrochen, ohne in die Realität zurückzukehren. Plötzlich stehe ich selbst dort auf der Bühne. Als kleines Kind. Im Dirndl. Auf der Wiese. Ich bemerke Tränen in meinen Augen, als ich mich so sehe. Wie unschuldig war ich doch gewesen. Wie sehr hätte ich mir gewünscht, dass mich Mutter oder Vater einmal in den Arm genommen hätten. Nichts. Sie blicken nur sich selbst an. Kampfbereit. Und ich sehe nun deutlich, wie ich zu vermitteln beginne. Wie schwer musste das für mich gewesen sein, so klein, so ungeschützt und ohne Hilfe. Irgendwie habe ich das alles vergessen oder besser: verdrängt. Und es half auch nichts. Vater veränderte nichts. In der Beziehung erstarrte er zunehmend. Seine Strukturen, sein Beruf gaben ihm Sicherheit und damit entfernte er sich mehr und mehr von meiner Mutter, die immer deutlicher zur kriegerischen Einzelkämpferin wurde. Sie tat viel. Auch das wird mir gerade jetzt bewusst.

Für andere, nicht für mich, nicht für die Beziehungen in der Familie, sondern für alle Beziehungen in ihrem Umfeld. Hier wurde sie geachtet und geliebt. Das reichte ihr. Wie sehr hätte ich mir gewünscht, dass wir alle drei zusammen gewesen wären. Aber wir wurden gemeinsam einsam.

Die Härte, die meine Mutter zunehmend an den Tag legte, ließ mich noch mehr Verantwortung übernehmen, eben für meinen Vater. Nun fühle ich, dass es wirklich das ist, was es mir so schwer macht. Vater ging mir damals auf den Nerv, weil ich mir zu viel zumutete. Das musste jetzt anders werden: „Ich bin euch doch nichts schuldig, ihr seid mir etwas schuldig geblieben!", rührt es sich in mir. Und eigentlich wollte ich doch nur Liebe.

Mein Vater stupst mich, ich komme zurück in die Jetztzeit. Ich blicke ihn an. In seine feinen Augen, die sich köstlich an dem Bühnenstück erfreuen. Nur ein Satz entspringt meinem Herz direkt durch meinen Mund: „Du, Papa, ich will dir etwas sagen ..." Er schaut mich erwartungsfroh, fast belustigt an. „Wenn es nichts zu danken gäbe, für meine Geburt werde ich dir immer danken!" Verwirrung bei meinem Vater. Schamhaftes Stottern in mir. Aber ich höre nicht auf. „Und, noch was: Ich liebe dich!" Ich habe es ausgesprochen. Vater scheint genauso verwirrt wie ich und verstummt. Eine ganze lange Weile. Ich erröte. Mir wird so unfassbar heiß. Er betrachtet mich, obwohl das Stück weiterläuft, und eine Träne rinnt über seine Wange. „Ich dich auch, meine Liebe!" „Sehr!", setzt er nach. Jetzt verändert sich schon wieder etwas. Das fühle ich.

Auch meine Augen werden feucht. So ein wunderbarer Moment und großes Theater in meinem Herzen, zweiter Akt! Ich atme unwillkürlich ganz tief durch. Jetzt kann es an die Arbeit gehen. Ich beginne langsam zu verstehen, wie der Hase im Leben läuft. Was zu tun ist, liegt vor mir: Ordnung schaffen, aufräumen. Hausputz meiner Seele.

Verantwortung dahin geben, wo sie hingehört, dann fließt sie, die Liebe. Bedingungslos. Gerade eben habe ich etwas verspürt, wie einen Funken. Ein Gottesdiener würde es wahrscheinlich Demut nennen. Davon habe ich wahrlich wenig Ahnung. Ich beginne mich zu sortieren, schüttele mich innerlich, wie ein kleines Kätzchen, das gerade von einem Regenspaziergang nach Hause kommt. Erneut nehme ich ganz bewusst meine Gefühle wahr. Das, was ich gerade erleben durfte, ist nicht nur „mein Film“. Das betrifft eben auch andere, auch Mutter und Vater. Und offenbar wissen sie das auch, tief in ihren Seelen. Nicht ich alleine habe zu ordnen, auch sie sind aufgerufen. Es gibt jetzt ein Bücherregal, das nach Ordnung ruft. In dem Bücher geradezurücken sind. Und es sind nicht nur meine Bücher, dazu gehören auch Schriften, die mich nichts angehen, deren Sprache ich nicht einmal beherrsche. Unausgesprochene Schwüre. Verstrickende Pakte. Fixe Seelenverträge. Ich bin meiner ganzen Familie zum ersten Mal ganz nah und kann sie doch mit Abstand betrachten. Diese Distanz wird endlich etwas größer und damit gesund, weil ich meinem Vater, einem der Mitglieder dieser Familie, unbewusst wieder nähergekommen bin. Das klingt eigentlich völlig unlogisch, aber das ist es nicht. Denn die Wirklichkeit ist plötzlich ganz klar nur das, was in mir wirkt. Und mit meinem Tun werde ich meine eigene Selbstwirkung ein Stück verändern können und müssen. Und das wird auch andere dazu bringen hinzublicken, ebenfalls zu ordnen und das anzunehmen, was zu ihnen gehört. Dann werde ich auch gerne meines nehmen, was zu mir gehört. Aber erst dann. Jetzt freue ich mich auf meine beiden Kleinen, die schon längst schlafen.

Als der Babysitter geht, fühle ich dem Abend noch einmal nach. Mein Liebling ist auf Geschäftsreise. Weit, weit weg. Gerne hätte ich ihn jetzt an meiner Seite, würde ihm von dem Abend mit Vater erzählen. Noch in der gleichen späten Nacht beginne ich einen Brief an meinen Vater zu schreiben. „Hi, Dad," Punkt. Leere. Fragezeichen. Was soll ich schreiben? Was will ich eigentlich schreiben? Ich stocke. Und plötzlich scheint der Füllfederhalter ganz von alleine zu schreiben. Er zischt über das Blatt. Anfängliche Vorwürfe lassen mich mit jeder Zeile freier werden und mit jedem Wort schreibe ich mich in meine ganz eigene Freiheit. Immer sanfter und verständnisvoller. Es geht mir besser und besser. Das Schreiben dieses Briefes wirkt auf mich wie eine heilsame Kur. Mein ganzer Körper pulsiert, ich zittere vor erregendem Glück. So fühlt es sich also an. Noch deutlicher wandeln sich alle Vorwürfe in Verständnis, ohne Verantwortung für andere, für meinen Vater übernehmen zu müssen. Jetzt kommen die Liebe und die Demut. Das Glück darüber, überhaupt geboren zu sein. Ich bin berührt. Und jetzt mache ich mich an den nächsten Brief. Von Frau zu Frau. An meine Mutter.

# Neunzehnhundertdreiundsiebzig. Er.

In den Tagen danach verblasst die Erinnerung an die schöne und ungewöhnliche Begegnung. Mit jeder Stunde wird aus der noch ersten verlegenen Hoffnung, diese Frau wiederzusehen, die traurige Befürchtung, dass sie, wenn wir uns überhaupt begegnen würden, ziemlich sicher null Bock auf einen Typen wie mich hätte. Ich hatte ihr ja nicht einmal im Wald Paroli bieten können, wie denn dann im richtigen Leben? Wie soll ich überhaupt einer Frau ein richtiger Mann sein? Was überhaupt ist ein richtiger Mann? Werden gute Männer in Körpergröße oder Penislänge gemessen? Wenn er die Frau wie ein Bär verteidigt? Oder wie er ganz soft und liebevoll mit Kindern umgehen kann? Wann ist ein Mann ein Mann? Oder ist es einfach so, wie alle um mich herum denken? Der Mann verdient das Geld und die Frau gehört hinter den Herd? Oder ganz frei, wie es gerade die Hippies zelebrieren? Jeder mit jedem? Und meine Mutter mittendrin? Seltsame Vorstellung. Ich denke mich wieder einmal ins Uferlose, bis aus der traurigen Idee, einsam zu bleiben, in mir eine subjektive Gewissheit wächst. Im Außen passiert wieder einmal nichts, in mir dagegen vieles. Was mir nach wie vor im Kopf bleibt, ist der Gedanke an Wurzeln und die Überlegung, dass diese auch uns Menschen irgendwie nähren.

An diesem Tag schaffe ich es geschickt früher aus dem Büro und schlendere durch die Straßen der Stadt. Besser gesagt, ich stehle mich irgendwie weg. „Kleine Feldforschung in der Innenstadt“, hatte ich es spontan genannt. In meiner Branche ist es wichtig zu wissen, was unsere Kunden wissen könnten und wir als Agentur wissen sollten und wie das Kaufverhalten der Kunden ist. Klingt unnötig kompliziert. Wie in der ganzen Reklamewelt, in der viel Wind um wenig Ergiebiges geblasen wird. „Wir wären damit der Konkurrenz weit voraus!“, meint mein amerikanischer „Freund“ und Vorgesetzter. Um also diese Erkenntnisse mehr oder weniger professionell zu aktualisieren, gab es immer wieder solche Nachmittage wie diese, in denen ich mich unter das Volk mische und mehr oder weniger schlaue Erkenntnisse erlangen will oder soll. Nach meinem Forschungsprojekt werde ich mehr wissen über das Kundenverhalten bezüglich unserer Kundenprodukte, also dem Kunden ganz nah sein. Stattdessen bin ich fern, ich beobachte den Verkehr, diesmal als Zuschauer und nicht als Beteiligter, eben von außen. Die meisten machen sich um diese Uhrzeit schon auf den Weg nach Hause. Herdentiere auf dem Weg zum Stall. So zeigt sich mir kein wesentlich verändertes Bild als vor einigen Tagen am frühen Morgen. Die Fahrer sitzen in der Regel alleine in ihren Kraftfahrzeugen. Es sind Angestellte aus den umliegenden nüchternen Bürohäusern, die nach dem Krieg lieblos, weil viel zu hektisch, zusammengenagelt worden waren, um schnell neuen Wohnraum zu generieren. Ihre Gesichter wirken leer, als wäre ihnen alle Freude entzogen. Auch die Frauen am Straßenrand, viele, die

Kinder in ihren Kinderwagen herumkutschieren, sehen müde aus. Um mich herum scheinen irgendwie alle müde zu sein. Oder fällt es mir nur auf, weil ich selbst so erschöpft bin? Ein Spiegel meiner Befindlichkeit? Sind sich all diese Menschen eigentlich ihrer Wurzeln bewusst? Mache ich mir schon wieder viel zu viele Gedanken, nur weil mir eine Frau den Kopf verdreht hat? War vielleicht alles, auch die Müdigkeit, einfach nur der Lauf der Dinge und vom Schicksal vorbestimmt? Ich höre Vogelgezwitscher, das meinen Blick gen Himmel zieht. Blauer Himmel. Auch mal schön. Fröhliches Federvieh macht sich auf den Weg – ja wohin? Zu ihren Nestern? Wenn ich für die totale Freiheit auserwählt wäre, dann wäre ich vielleicht ein Vogel geworden.

Ich beobachte das Treiben am Himmel so intensiv, dass mir die Augen tränen und sich die äußere Welt zu einer inneren verwischt. In Gedanken an Menschen, die diese wunderbaren Geschöpfe einfach einsperren. In Käfige. Um sie zu betrachten. Als Zierde. Ein ängstliches Gefühl überfällt mich unerwartet stark. Ich bin berührt. So sehr, dass ich mich plötzlich selbst in einen Käfig hineinfühlen kann. Als würde ich der sein, der hinter Gittern verweilt. Ich träume. Die Stäbe des Käfigs sind golden, wie auch sonst. Der berühmte goldene Käfig, daher muss diese Redewendung stammen. Je intensiver ich mich in einen Vogel im Käfig hineinfühle, desto näher kommen all diese Stäbe. Wie in Rilkes „Der Panther". „Sein Blick ist vom Vorübergehen der Stäbe so müd geworden, dass er nichts mehr hält. Ihm ist, als ob es tausend Stäbe gäbe und hinter tausend Stäben keine Welt!" *

Ich bin jetzt ganz Vogel. Hundert Prozent. Mit Federn, gestutzt, nicht mehr zum Fliegen dienlich. Längst bin ich nicht mehr des Fliegens mächtig. Flügellahm im wahrsten Sinne. Gegen meine eigene Natur. Die Zeit und die Umstände haben mich zu dem gemacht, der ich bin. Damit ich die Dimension des Dramas selbst nicht erfasse, erkläre ich mich mit diesem Käfig einverstanden. Der hohe Preis, den ich zahle, ist Unfreiheit. Es ist, als würden diese goldenen Stäbe deutlich näher rücken. Der Blick nach unten suggeriert mir einen Sandstrand, es ist aber ein verschissener Käfigboden. Wirklichkeit eines gestutzten Vogels. In meiner Fantasie wird aus den Stäben etwas, was mich wirklich im Leben einschränkt.

Es winden sich plötzlich – meine Fantasie geht gerade vollends mit mir durch – menschliche Wesen um all die Stäbe dieses Käfigs. Dabei manche, die mir zu nahe kommen und damit Grenzen überschreiten. Aber auch Personen, von denen ich glaube, ihnen entsprechen zu müssen, und denen ich damit Tür und Tor zu meinem Innersten öffne. Alles in allem eine unangenehme Vorstellung. Der Glaube versetzt, so spricht der Volksmund, Berge und gleichwohl kann er uns in unserem Oberstübchen und unserem Herzen ganz schön verwirren. Dem irren Gefühl, ein Vogel zu sein, weiter nachgebend zieht es sich jetzt noch enger um mich. Ich spüre, dass alles sogar so eng wird, dass ich die Menschenstäbe körperlich spüren kann. Wie sie mich einschließen und gleichzeitig meinen Blick nach außen verschleiern. Eine spannende Erkenntnis macht sich in mir bereit. Das, was mich am meisten einschränkt, verschafft mir auch noch einen Vorteil. Wie dieser Vogel im

Käfig kann ich mich hinter all dem, was mich beengt, auch verstecken. Das Gute im Schlechten. Jederzeit kann ich mich zurückziehen. Kann meine beklagenswerte Beschränkung als billige Ausrede nehmen, dass mein Leben ja genau deshalb so nicht funktionieren wird. Wir selbst sind es, die Stäbe im Leben sammeln und uns dann auch im ungemütlichen Nest ausruhen. Nur wir selbst sind es, die es sich im goldenen Käfig einrichten und dann flügellahm werden. Das Leben wird dadurch nicht nur eingeschränkt, sondern auch noch in der spießigen Kleinheit besiegelt. Und später finden wir nicht nur den Weg nicht mehr hinaus, nein, wir wissen auch nicht mehr, warum wir so geworden sind, wie wir sind. Ein Vogel kann nicht wissen, von was ich spreche, ein Fisch erfährt vom Wasser bekanntermaßen auch zuletzt, aber ich, ich weiß es. Jetzt. Ist es dann nicht meine Pflicht, mit dieser Erkenntnis etwas zu verändern? Jetzt sofort?

Ich nehme allen Mut zusammen und male mir aus, wie es wohl sein würde, die Stäbe zu sprengen. Ein grandioses Gefühl. In meiner Fantasie ertaste ich die Stäbe mit meinen Händen. Ich kann fühlen, wie alles auf meine Berührung reagiert. Sie lassen sich verdrängen. Es liegt an mir. Ich drücke. Schiebe. Werde deutlicher. Setze mich durch und plötzlich macht sich eine Öffnung breit. Ich spitze hinaus. Draußen ist die Freiheit, ich kann sie förmlich riechen. Zögerlich setze ich meinen Fuß hinaus und spüre den Boden. Ja, es fühlt sich frei an. Als würde ein gezähmtes Raubtier aus dem Käfig heraustreten können und in die Freiheit springen dürfen. Als würde meine wahre Natur in mir sich wieder zu sich bekennen dürfen. Plötzlich wird aus dem sanften Vogel ein kraftvoller Adler. Freiheit über alles. Ich blicke plötzlich von oben auf diesen erträumten Käfig. Dann von noch weiter oben auf ein Zimmer, in dem der Käfig steht. Auf das Haus, in dem das Zimmer mit dem Käfig steht. Wie klein ist doch diese Welt im Käfig, die ich gerade noch für meine eigene große hielt? Wie kann sich ein Herz so täuschen? Warum kann ich mich als Mensch nur selbst so unfrei machen?

Freiheit wird uns bestimmt nicht geschenkt, sie wird uns eher genommen. Dennoch können wir uns selbst frei fühlen und damit frei machen. Wenn wir alles das, was wir fühlen, über das setzen lernen, was wir denken. Wenn ich auf mein Herz höre, wird mir mein Verstand dienlich. Nie umgekehrt. Doch um mir diese Freiheit zu erschließen, muss ich wissen, was ich wirklich will. Sonst werde ich es nicht dauerhaft vermögen, die Stäbe zu bezwingen und den Käfig offen zu halten. Allzu schnell gewähren wir uns selbst den Wiedereintritt in den engen Käfig, um uns in Schutz und Sicherheit zu wähnen, und gleiten wieder träge in unsere Bequemlichkeit ab.

Angst sind die Stäbe. Erinnerungen an Schlechtes und bequeme Gewohnheiten halten uns im Alten fest. Und wenn ich meine Ziele weiterhin auf der faulen Frucht alter Erfahrungen züchte, muss ich scheitern. Ich werde jetzt neu denken lernen. Aber wie? Wie wäre es, wenn ich einfach so tun würde, als wäre alles auf Anfang? Wenn es genau jetzt nichts gibt, was mir zu denken geben könnte? Wenn es der perfekte Tag ist, der in mir auftaucht. Genau, der perfekte Tag. Wo stehe ich frühmorgens auf? Wann und – es zaubert mir ein Lächeln ins Gesicht – mit wem? Was ist heute am perfekten Tag meine erste Tat, wenn ich weiß, dass alles gut geht? Was werde ich machen, wenn ich niemandem entsprechen muss und ich nichts falsch machen kann? Mein perfekter Tag wäre genial.

Ein Autofahrer hupt mich an und reißt mich aus meinen fantastischen Träumereien. Ich stehe tatsächlich mitten auf der Fahrbahn. Gibt es denn so etwas? Ich habe mich dermaßen in meiner Traumwelt verschlungen, dass ich mich sogar bewegt habe und jetzt auf der Straße stehe. Unfassbar. Ich Traumtänzer.

Schlagartig muss ich wieder mit dem zurechtkommen, der ich nun eben bin. Ich bin ein Angestellter und kein Vogelfreier. Ist das wirklich wahr? Ich streife immer zielloser durch die Straßen, biege mal links, mal rechts ab. Ich steuere auf eine Allee zu. Bäume stehen in Reih und Glied, Menschen hatten sie dort vor langer Zeit gesetzt. Ob sie nun dorthin wollten oder nicht. Bäume haben im Gegensatz zu uns Menschen kein Bewusstsein und damit keine Entscheidungsmöglichkeit. Mich schaudert wieder. Ein glückverheißendes Kribbeln durchzieht meinen ganzen Körper, wie ein Fluss, der mein Innerstes durchströmt. Warm, weich, getragen ... Zu diesem wunderbaren Gefühl gesellt sich natürlich auch gleich wieder ein Gedankenkonstrukt. Diesmal aber als ein positiver, offener, nicht zweifelnder Gedanke. Wie unendlich schön ist es doch, dass ich die Freiheit habe, hinzugehen, wohin ich will. Im Grunde kann ich ja doch tun und lassen, was ich möchte! Ein kleiner

Satz, ein großes Gefühl und eben eine noch größere Freiheit! Geht doch! Ich tänzele auf dem Kopfsteinpflaster der Altstadt. Lasse mich treiben wie ein Blatt im Wind und begeistert wie ein Kind. In genau diesem Moment gibt es nichts, aber auch gar nichts zu tun, nur zu lassen. Es verzaubert mich schon wieder. Ganz bewusst bleibe ich stehen. Drehe mich einmal um meine Achse und nehme mit einem tiefen Atemzug wahr, was um mich herum geschieht. Und es ist viel mehr, als ich bisher wahrgenommen hatte. Diesmal mit offenen Augen. Viel, viel mehr. Auf dem gegenüberliegenden Gehsteig zerrt eine Mutter ihr Kind an der Hand. Das kleine Mädchen weint, weil es eigentlich lieber vor einem der vielen bunten Schaufenster stehen geblieben wäre. Ein Mann, den die beiden gerade passieren, stößt seinen Finger tief und genüsslich in sein Nasenloch. Ich wende meinen Blick angewidert ab und erinnere mich nur kurz an meinen Mathelehrer, vorsätzlich abwertend von uns Schülern „Chipsy" genannt, der auch gerne seine Nasensteine ausgrub. Die Bauarbeiter, die am Anfang der Straße und am Beginn der flachen Häuserzeile eine Baugrube ausheben, sind ihrer Profession gemäß im wahrsten Sinne des Wortes vertieft in ihr dunkles Loch im Erdboden. Ein Hund bellt, ohne dass ich ihn sehen kann. Ich biege ganz bewusst ab. Meine Sinne sind geschärft wie eine Klinge, die mühelos ein hauchzartes Blatt Papier durchtrennen könnte. Und genau jetzt verspüre ich plötzlich das deutliche Gefühl, dass mich etwas aufhalten möchte. Ein nur ganz vages Gefühl. Ich bleibe stehen. Werde ich beobachtet? Man kennt das ja, oftmals fühlt man sich beobachtet und dann stellt sich heraus, dass es tatsächlich so ist.

Irgendwie bin ich wie geführt. Ich blicke nach rechts und sehe mein Spiegelbild in voller Größe im Schaufenster einer Buchhandlung. Automatisch richte ich meinen Hemdkragen, der von meiner Jacke so platt gedrückt ist, dass es aussieht, als säße mein Kopf auf einem Schwanenhals. Vor mir im Schaufenster, hinter meiner Spiegelung, liegen Bücher über die Natur und das Leben in Wald und Garten. Wurzeln … Zufall? Den Abbildungen nach zu urteilen geht es diesen Pflanzen besser als denen auf der Allee von eben. Ich gehe geradewegs in den Laden. „Ich interessiere mich für Wurzeln", beginne ich, und ehe ich den Satz vervollständigen kann, bittet mich der etwas ältere Verkäufer in die Pflanzen- und Gartenabteilung. Er schreitet voran mit seinen Hosenträgern, die die in die Jahre gekommene Hose auf Position halten. „Na, da sind Sie bei uns goldrichtig! In diesem Bereich sind wir Spezialisten! Sie werden nicht enttäuscht sein! Was haben Sie denn? Einen Garten oder eine heutzutage moderne Terrasse?" „Weder noch", versuche ich meinen Wunsch zu verdeutlichen. Mit seiner Frage erinnert er mich unwillkürlich an meine philosophischen Gedanken zur Familienplanung. Nein, es wird nicht besser. Ohne näher auf mich einzugehen, verfolgt er seinen Gedanken weiter „Ach, es soll ein Geschenk sein, das freut mich. Wissen Sie, immer weniger Menschen machen sich die Mühe, anderen etwas ganz bewusst als Geschenk auszusuchen!" „Äh ...", ich komme nicht zu Wort. Es scheint, als sei dieser Verkäufer – ich meine, es war sogar der Besitzer dieses, sagen wir Antiquariats – sehr fröhlich über den Umstand, dass ich nun hier bin. Es riecht nach alten und neuen Büchern, die erst Nase und dann Augen verzaubern! „Wissen Sie, viel zu wenig Menschen nehmen sich Zeit und entwickeln überhaupt noch Liebe zu den Büchern. Bücher haben doch auch eine Seele! Wie kann man das vergessen?“ Dieser Satz erinnert mich schon wieder an meine Schulzeit. Krass. Diesmal an Schulprofessor Dr. Strobel. Der brüllte immer ungehalten los: „Ihr Barbaren, ihr Schänder!“, wenn wir die Bücher einmal grob nach hinten und dann wieder nach vorne knickten, damit sie endlich flach auf den Tischen liegen blieben. Dafür hasste er uns! „So, hier sind wir, alles, was das Herz begehrt! Bitte schön, alles für Sie!“ Ich kann nichts mehr entgegensetzen. Die Dominanz meiner beiden soeben erschienenen Lehrer lässt mich auch vor der mehr oder minder großen Kompetenz dieses Buchfachmanns erstarren. Ich kann und möchte ihn einfach nicht enttäuschen. So gebe ich ganz interessiert vor, mich gleich in eines seiner Bücher vertiefen zu wollen. Wie kindisch. Infantil und peinlich. Wie wenig erwachsen. Ich will nicht sagen, dass es nicht spannend ist, aber als jemand ohne Garten und in Ermangelung eines grünen Daumens bin ich hier nicht wirklich richtig. Billig versuche ich Zeit zu schinden, indem ich mich weiter umsehe. Faszinierend schön, all diese Bücher so zu sehen, doch was soll ich hier? Die Regale ragen über zwei Stockwerke, die oberen Bereiche sind über eine kleine kunstvoll verzierte Gussleiter erreichbar. Nach meinem fadenscheinig bekundeten Interesse begebe ich mich wieder zum Ausgang. Enttäuschung breitet sich in mir aus. Denn von dem Gefühl, in irgendeiner Weise, vielleicht von höherer Hand, geführt, hierhingelenkt worden zu sein, um eine besondere Erfahrung zu machen, ist wenig übrig geblieben. Diese antike Buchhandlung, so stellt sich nun heraus, hatte nicht einmal psychologische Lehrbücher oder wenigstens ein paar passende Lehrblätter.

Doch gerade als ich im Begriff bin zu gehen und am Ausgang stehe, stolpert eine Dame herein und fällt mir fast in die Arme. „Können Sie dieses Buch umtauschen?", fragt sie *mich*. „Ich habe da etwas verwechselt und nehme gerne ein anderes Buch von Ihnen!" „Ich bin kein Verkäufer!", versuche ich blitzschnell zu klären. Sehe ich so einfach oder so intelligent aus, dass mich die Dame mit einem Buchhändler verwechselt? „Zeigen Sie mal her!", eine Hand greift vehement und ohne Vorwarnung über meine Schultern. Von vorne muss das Spektakel aussehen, als sei ich ein Tintenfisch mit Tentakeln oder wenigstens zwei Armen mehr. „Das ist doch gar nicht von uns!", schnaubt der Buchhändler in mein rechtes Ohr. Ich springe zur Seite, um mich dem Schussfeld zu entziehen und mich in Deckung zu werfen. „Ja, aber das spielt doch keine Rolle, Sie haben doch eh meist alte Bücher!" Der Buchhändler ist über diese würdelose Darstellung seiner Zunft entsetzt: „Das wäre ja noch schöner – eintauschen! Ist ja nur so ein einfaches Taschenbuch!", hält er dagegen. Da fällt mir der Titel auf: „Wer fliegen will, braucht Wurzeln!" Klong, zonk, fetz! Da ist sie, die Hand des Schicksals, darauf habe ich gewartet, deshalb bin ich hierhergekommen. „Augen auf im Straßenverkehr!", appellierte der „7. Sinn" im Schwarz-Weiß-Fernsehen und ich tue dem nach. „Wie viel möchten Sie dafür?", frage ich. „Eine Mark!", hofft die Dame zögerlich.

„Gekauft!“ Ein Lächeln zum Ersten, noch ein Lächeln zum Zweiten, plus mein Grinsen zum Dritten. Alle Anwesenden sind plötzlich einvernehmlich zufrieden. Ich drücke mein Fundstück an mich, wohl wissend, dass nicht ich es, sondern es mich gefunden hat. Achtsamkeit, das Zauberwort.

Ich lese den ganzen folgenden Abend. Befasse mich mit gewagten Theorien der Ordnung und Unordnung von Familiensystemen und sogar mit einer Ordnung der Liebe. Kaum zu glauben, der Satz „Ordnung ist das halbe Leben“ bekommt plötzlich eine völlig neue Bedeutung. Wurzeln waren tatsächlich für uns Menschen so bedeutungsvoll, wie es mir meine hübsche Erscheinung im Wald „geflüstert“ hat. Menschen vertragen kein Ungleichgewicht und ringen immer irgendwie nach ausgleichender Balance. Wie in einem immerwährenden Ausgleichsversuch zwischen dem, was sie bekommen können, und dem, was sie dafür geben oder glauben geben zu müssen. Es wird inhaltlich immer komplizierter, doch irgendwann muss ich mich meiner Müdigkeit beugen und das Lesen einstellen. Meine Augenlider werden schwer. Endlich finden meine Gedanken Futter. Nein, ich bin doch nicht so doof, wie ich bisher annahm.

Es wird Zeit für mein Buch.

# Neunzehnhundertdreiundsiebzig. Er und sie.

Der gestrige Abend mit meinen drei alten Freunden Uwe, Marco und Peter endete so, dass mir heute nicht nur ein Kaffee reicht. Warum mussten Männer immer über den Durst trinken? Öffnen sich Männer erst im Suff? Männer sind eben anders. Das typische Klischee ist bestätigt. Auch ich bin also so, wie alle anderen. Oder besser gesagt, ich wollte keine Gelegenheit auslassen, gar nicht erst anders zu sein. In der mangelnden Orientierung, was „Mann“ eigentlich ist, orientiert „Mann“ sich eben an den anderen Männern. Ich sitze im Kaffee um die Ecke. Ein ehemaliger Friseursalon, der zu einer Kneipe umgebaut wurde. Tagsüber Bistro, abends Bar. Salon Clothilde. Ich finde die Vorstellung unbändig lustig, dort zu entspannen, wo früher Föhnhauben um die Wette surrten. So wie mein Schädel heute. Neuester Tratsch zwischen Dauerwelle und Kurzhaarschnitt. Hier hatte man sich viel zu sagen und nicht selten verließen Kunden den Salon und hatten bestimmt ihren ganzen Ballast beim Friseurmeister abgeladen. Arme Friseure. Vielleicht gab es tatsächlich eine „Locken-Susi“ oder einen „Dauerwellen-Heinz“, der sich eine „Minipli“ zaubern ließ, um wenigstens Fülle ins Haar zu bekommen, wenn schon nicht ins Leben? Was war aus all den Menschen geworden, die sich früher hier schick hatten machen lassen, um

Mitmenschen mit neuesten Frisuren zu beeindrucken? Hatten sie ihr Glück gefunden? Wie viel Wert hatten sie darauf gelegt, schöner als andere zu sein, um freundliche Zuwendung und Anerkennung zu bekommen! Alles Maskerade?

Aus den modernen Lautsprecher-Kugelboxen, die von der Decke hängen, plärrt Musik von den Sweet, ihr brandaktueller Hit „Blockbuster", direkt gefolgt von Suzi Quatros „Can the Can". Ich persönlich stehe mehr auf Pink Floyd. „The Dark Side of the Moon" höre ich mittlerweile so oft, dass ich mich nahezu in allen ihrer Songs wiederfinde. Sehr, sehr cool. Diesmal trinke ich meinen starken Kaffee ohne den Versuch, darin meine Zukunft im verbleibenden Satz zu deuten. Das ging ja schon mal kräftig in die Hose. Außerdem habe ich gerade enorm mit der bisherigen Vergangenheit zu tun, da will ich nicht auch noch die Zukunft kennen müssen. Doch die Rückbesinnung währt nicht lange. Denn das, was ich jetzt gerade sehe, katapultiert mich in Lichtgeschwindigkeit in die Gegenwart. In mir regen sich schon wieder unbeschreiblich kindliche Gefühle. Zudem Scham und Irritation. Ach, du Schreck, ich fühle es. Ich werde puterrot, über das ganze Gesicht. Jetzt stünde mir zur Tarnung eine dieser Föhnhauben ziemlich gut. Leider hängen die aber nur noch dekorativ und schon ziemlich verstaubt zwischen den Lautsprechern von der Decke. Ich versuche, mich ohne Tarnkappe unsichtbar zu machen. Wie damals in der Schule, wenn mir meine Erfahrung sagte, dass dies keine gute Gleichung werden würde: Unkenntnis gepaart mit mündlichem Abfragen. Doch diesmal habe ich keine Deckung. Verdammt. Die Säule, dir mir dienlich sein könnte, ist definitiv zu schmal! Sie entdeckt mich? Nicht. „Meine“ sportliche Wurzelfachfrau nimmt sich einen Platz an einem anderen Tisch. Wie hübsch sie ist. Knallroter Lippenstift, passend zu meiner Gesichtsfarbe. Ich beobachte sie verschämt. Wahrscheinlich kommt ja gleich ein James-Dean-Verschnitt in den Salon am Rande der Welt und bestellt für sie und sich einen Drink, der heißen Liebe wegen. Natürlich auf Eis, um die Hitze der Gemüter zu beruhigen!

Aber stopp! Ich müsste sie doch ansprechen? Schon wieder verdammt, welche Gedanken bremsen mich aus? Erst bekomme ich kein Wort heraus, weil ich wie besoffen an einem Baum lehnte, sitzen blieb und meine Wampe versteckte, und jetzt, jetzt könnte ich endlich etwas sagen und tue es nicht! Oder bin ich diesmal wirklich noch besoffen? Hallo? Ist da jemand in mir zu Hause? Ich bewege mich nicht. Schockstarre, als hätte mich eine Mamba gebissen. Körperlich anwesend, aber leider einbetoniert. Ich werde wütend. Auf mich. Doch selbst das hilft mir nicht aus meiner Starre. Denn es sind meine Scheißgedanken über das, was passieren könnte, wenn ich sie jetzt ansprechen würde. Würde, würde, würde ... Was kann denn passieren? Zwei gegnerische Krieger toben in meinem Kopf. Und ich kann sie nicht nur hören, sondern auch fühlen. Klar, sie wird mir einen Korb geben. Warum soll eine so gut aussehende Frau mit einem Typen wie mir Kontakt haben wollen? So eine bescheidene Hirnakrobatik ... Ich mache mir Gedanken über die Konsequenzen meines Tuns, tue aber nichts. Ich bin schon wieder der Trockenschwimmer meines eigenen Lebens. Ich denke, übe quasi das perfekte Schwimmen im

Trockenbereich und sicheren Beckenrand, denke weiter, übe, bessere nach und denke – bis ich allein in diesem Café sitzen werde! „Hilfe!“ Kann jemand etwas für mich tun? Ich benötige Wiederbelebungshelfer, ich benötige sofort einen Defibrillator, nicht für mein Herz, das schlägt mir bis zum Hals, sondern für mein Sprachzentrum! „Hilfe!“ Hört mich denn keiner? Ich bin der Gefangene meiner eigenen schrägen Erwartungen. Bin verloren in der Annahme der möglichen Konsequenzen meiner eigenen Handlungen. Ja bitte, könnte ich doch nur überhaupt etwas tun? Ja, eben handeln, du Vollhorn, tönt es schreiend in mir! „Hilfe!“ Selbst meine komplizierten Gedanken scheinen langsam zu knirschen. Wie kann man sich solche Gedanken machen, wenn die Chance des Lebens vor oder neben einem sitzt? Bitte, tu etwas! „Hilfe!“ Die Zeit rast. Ich werde immer hektischer. Mach hin. Und wenn ich weiter so sitzen bleibe, würde auch sie mir gleich davonrasen. „Hilfe!“ Jetzt steht sie auf. „Hilfe!“ Stille. Absolute Stille. Sie dreht sich um! Alle drehen sich um. Habe ich wirklich gerade „Hilfe!“ gerufen? Selbst die verschrumpelte Blumendeko am Fensterbrett scheint den Atem anzuhalten. „Wie bitte?“ Ihre blauen Augen scheinen mich erst jetzt wahrzunehmen. Sie lacht mich an. „Kann ich Ihnen irgendwie helfen?“, fragt sie kokett. Was bin ich nur für ein Trottel! Ich hatte tatsächlich im Café laut „Hilfe!“ gerufen. Hinein in die Ruhe der Kaffeetrinker und Teegenießer. Alle starren mich an. Vollstörung! Ich Volltonne. Denken die vielleicht, ich bin geistig behindert? Natürlich frage ich mich schon wieder, was andere über mich denken könnten, anstatt einmal wirklich lässig zu sein.

Die Situation ist so unerträglich anstrengend für mich, dass ich irgendetwas sagen muss, um Luft abzulassen. „Gerne!“ Oh Mann, aber es geht einfach nicht besser. Ich bin einfach hilflos. „Nein wirklich, der Wurzelsepp!“ Sie lacht mich an. Oder lacht sie mich aus? „Dass wir uns so schnell wiedertreffen – ist das ein Zufall?“ „Oh, ohhhh. Nein, ich meine, ja!“, stammele ich. „Nicht, dass Sie glauben, ich würde Ihnen hinterherstellen!“ Das hätte ja auch noch gepasst: erst laut um Hilfe rufen und dann noch von der Polizei in Gewahrsam genommen werden. Nein, alles hat seine Grenzen. „Haben Sie sich von meinen Ratschlägen erholt?“ Sie lächelt immer noch. „Oder darf es noch etwas mehr sein?“ „Mehr sein ...“, wiederhole ich monoton und scheine langsam auf dem Weg der Totalverblödung zu sein. In der Regel spricht ein Menschenkind ab dem zweiten Lebensjahr Zwei- bis Dreiwortsätze! Momentan scheine ich auf dieses Alter zurückgeworfen zu sein und kann demzufolge nur noch hoffen, diese wunderbare Frau nicht auch noch mit meiner Mutter zu verwechseln. Fehlt mir nur noch ein Schnuller. In meinem schlauen Ratgeber hatte ich gelesen, dass die Verwechslung des Ehepartners mit der eigenen Mutter kolossale Folgen hat und mit das Schlimmste ist, was erwachsenen Männern passieren kann! Männer trügen dann zwar keine Schnuller mehr, seien aber in irgendeiner Weise oral gebunden oder, noch besser gesagt, noch nicht einmal richtig von der eigenen Mutter entbunden. Klingt ja lustig, nicht richtig „entbunden“, obwohl doch die Geburt eine Entbindung sein sollte? Vielleicht gibt es da eine unsichtbare Nabelschnur, die uns alle noch mit der Mutter verbindet, wenn wir sie nicht ganz bewusst durchtrennen? Whatever! Oral unbefriedigt? Dann sollte ich besser rauchen, aber auch diese orale Hilfestellung, die mir über meinen momentan mangelnden Halt und mein sehr geringes Selbstvertrauen hätte hinweghelfen können, war jetzt nicht einmal zur Hand. Nichtraucher. Ich stehe jetzt tatsächlich auf und gebe ihr die Hand! Was tue ich denn da schon wieder? Unbeholfen. Mann, reiß dich am Riemen! Ganz brav und anständig, wie es Jungen nun mal lernen – tatsächlich, so förmlich wie ein kleiner Junge! Was ist denn gerade los mit mir? In welchem Film bin ich da gelandet? Meine inneren Gedanken haben mit meiner äußeren Haltung nichts gemein. Und sie lacht schon wieder – lacht sie mich erneut aus? Und jetzt plötzlich fällt mir auf, dass das, was mir Mutter einmal beigebracht hat, dann doch nicht ganz so schlecht war. Ich biete ihr – ganz förmlich – einen Platz an, ziehe den braunen Bistrostuhl heraus und bitte sie mit einer förmlichen Handbewegung, den Stuhl zu nehmen. Durch diesen Bewegungsimpuls ist es mir leichter geworden. „Simon, Simon Ehrenleben“, stelle ich mich vor. „Ich bin Carmen und würde gerne ‚du‘ sagen!“ „Gerne, sehr gerne!“ Carmen nimmt Platz.

Als sie nun so nah vor mir sitzt, kann ich sehen, dass sie etwas älter ist, als ich ursprünglich gedacht hatte. Das kommt ja bei flüchtiger Betrachtung vor. Doch verliert sie dadurch keineswegs an Attraktivität. Ganz im Gegenteil. Langsam fasse ich mich, hole tief Luft. Meine Augen verfolgen den Schwung ihrer Lachfalten und verlieren sich in deren Flussbett. Ich bin angetan. Sehr angetan. „Ist etwas?“, fragt sie und macht mir damit deutlich, dass ich schon wieder träume und fast in einem der Flussläufe ihres Gesichts ertrunken wäre. Schöner Gedanke. Natürlich ist es auch ein Zeichen für Entspannung. Das tut gut. Ihre Stimme klingt wie Engelsgesang in meinen Ohren und ihre Art, mit mir umzugehen, verzaubert mich. Himmel, ich bin echt verknallt!

Klar. In der Zeit des beginnenden Verliebtseins zeigen wir uns von unserer besten Seite. Schönste Klamotten, feinster Duft, fesche Frisur. Wir versuchen, entspannt zu wirken, sind es aber nicht. Aufgeregt trachten wir nach Anerkennung, Liebe und Zugehörigkeit. Unserem Gegenüber unterstellen wir aber, dass dieser ja bestimmt immer so sein wird, wie er sich uns jetzt gerade zeigt. Lustiger Trugschluss. Wir bescheißen uns selbst, wollen das erkennen, was wir glauben wollen. Klingt frustrierend? Ist es gar nicht.

Und es geht weiter ... Werden wir schließlich doch so angenommen, wie wir sind, können wir genau das oftmals auch nicht fassen. Perfide und kaum zu glauben. Haben wir nicht gerade dann das Gefühl, so nicht zu passen, wie wir sind, weil wir auch das nicht von uns glauben können? Selten erlauben wir uns, uns selbst in Ordnung zu finden. Ja, was denn nun?

Während unseres nun in Gang gekommenen Gesprächs verlieren wir uns gemeinsam in solch philosophischen Betrachtungen – woher ich diese Weisheiten plötzlich habe, ist mir schleierhaft. Wir streifen Dalai Lama, die Lehren Buddhas, sprechen von Karma und Wiedergeburt, einem Leben ohne Dogmen, dem Wunsch nach größter Entfaltungsmöglichkeit für Seele und Geist und dem Rest der heiligen und unheiligen Welt. Wir stellen uns vor, wie diese Wesen wohl tatsächlich sind oder waren. Wo liegen deren größte Fähigkeiten und wo die abgründigen Schwächen? Und wir versuchen herauszufinden, was uns selbst davon am besten gefällt beziehungsweise fehlt und was wir gerne haben wollen. Wie würden wir uns fühlen, wenn wir diese oder jene Fähigkeit innehätten? Welch spannende Idee! Alleine durch unser detailliertes Ausformulieren verschiedener Möglichkeiten und der Vision, es könnte so sein, fühlen wir uns plötzlich freier, kraftvoller und leichter. So, wie sich eben Leben anfühlen sollte. Leben entscheidet sich zwischen unseren beiden Ohren. Ich staune in mir. Es macht uns beiden einen so ungeheuren Spaß, dass wir die Zeit komplett aus den Augen verlieren. Ich fühle mich angekommener als je zuvor. Und mit diesem Lebensspiel lernen wir uns schon in den ersten Stunden so intensiv kennen, dass ich glaube, wir sind schon seit Jahren ein Paar! Kurz denke ich auch an meine Eltern und wie sie sich selbst aufgegeben hatten. Ich will es verdammt noch mal besser machen – und das ist der Königsweg! Miteinander sprechen, zuhören, sich einfach für den anderen interessieren. Ehrlich. Nicht immer alles gutheißen müssen, aber wenigstens verstehen wollen! Ist das im Leben zu viel verlangt? Und es kommt, wie es kommen musste, irgendwann rutschen wir eben auch wieder in das Thema der Wurzeln. Neu aber, dass ich nun mitreden kann. Hatte ich mich doch zum psychologischen Landschaftsgärtner hochgelesen.

Sie erzählt mir von ihrer Mutter, die sehr früh verstorben

war. Um mit diesem Schmerz überhaupt umgehen zu können, beschloss sie, sich sehr früh der Härte des Lebens zu stellen. „Ich bin eine Kriegerin geworden“, erklärt sie mir und fühlt sich damit für mich sehr stark an. War es das, was mich faszinierte? Eine Kriegerin? Suche ich eine so starke Frau an meiner Seite? Ganz naiv frage ich: „Musstest du denn immer kämpfen? Das ist doch Dauerkrieg?“ Sie überlegt: „Ich meine, das ist eine innere Haltung, um mit den Dingen zurandezukommen, die im Leben passieren. Das verschafft mir Orientierung. Wenn ich für etwas kämpfe, dann verschaffe ich mir Struktur und damit Sicherheit!“ „Aber bei all den sicheren Planungen, die uns Menschen so am Herzen liegen, kommt einfach manchmal das Leben dazwischen?“, kontere ich brillant, jedoch unangemessen unerhört. „Heute als erwachsene Frau weiß ich, dass ich auf vieles verzichten musste. Meine Mutter war zu früh weg!“ Das behindere einen Menschen, erklärt sie in nun leisem Tonfall. „Ich habe viel Verantwortung übernommen und das auch viel zu früh. Ich stand meinem Vater als Unternehmer bei. Habe ein großes Stück auf meine Kindheit verzichtet. Das tut manchmal sehr weh. Oftmals wünsche ich mir nichts lieber als eigene Kinder, um genau das wieder gutmachen zu können, und genau davor habe ich gleichzeitig auch so eine große Angst. Kannst du das verstehen?“

Hoppala, wir kennen uns ein paar Stunden und sprechen schon von Kindern. Mir schnürt es auf der Stelle den Hals zu. Unsere Kaffeetassen sind leer, das Mineralwasser auch. Ich schlucke, vertrockne. Hat sie Angst, dass sie niemanden mehr abbekommen würde? Plötzlich kommt sie mir eine Spur zu nah. Kontrollverlust und Grenzverletzung! Genau, Grenze. Gerade jetzt wurde eine Grenze überschritten! „Was ist mit deiner Mutter?“ Ich muss überlegen und erkenne dabei eine ziemlich paradoxe Überschneidung – auch meine Mutter hatte oftmals eine Grenze zu mir überschritten. Sie kam mir häufig zu nahe. Nein, natürlich nicht körperlich, ich meine mit ihren Ansprüchen und Erwartungen an mich. „Was soll ich dir jetzt sagen? Im Grunde genommen habe ich ja auch sehr viel Verantwortung sehr früh übernommen!“ Pervers, ich bemerke, wie ich die Belastung durch Mutters Ansprüche verniedliche. Ich wollte doch diesen ganzen Krempel an Verantwortung gar nicht! Meine Kinderseele hätte doch viel lieber gespielt. Zu diesem Zeitpunkt muss ich ganz besonders aufpassen, nicht als Muttersöhnchen abgestempelt zu werden. Ihren Mut, sich klar an die Seite ihres Vaters zu stellen, bewundere ich auf der Stelle. Gleichzeitig klingt das irgendwie, als wäre sie schon „besetzt“, als hätte sie schon einen Mann an ihrer Seite, ihren Vater. „Gegenfrage!“, hole ich aus. „Was ist denn nun mit deinem Vater, bist du noch an seiner Seite?“ Gleichzeitig erspähe ich Tränen in ihren Augen. Verunsicherung.

War ich jetzt zu direkt? Diese Pause ist unerträglich lang. Hatte ich zu viel gefragt? Klare Überforderung, ich kann mit einer solchen Situation nicht umgehen. Was ist gerade passiert? „Entschuldigung, ich wollte dir nicht zu nahe treten!“, versuche ich wieder auf Kurs zu kommen. Es ist erstaunlich, wie vertraut wir uns schon sind, dass wir uns so schnell und so tief berühren können. Ich spüre, wie mein Mund noch trockener wird. Die leere Flasche Wasser an unserem Tisch hat sich nicht gefüllt. Was tun? Sie lächelt. Und in mir lächelt es zurück. Ich bin erleichtert. Ihre Augen beginnen wieder zu strahlen. Wie doch zwei Welten in uns schwelgen können. Trauer und Glück, fast zur gleichen Zeit. Ich fühle. Ich verstehe. Wenn das kein Zeichen ist, dass wir füreinander bestimmt sind? Ach was, regt sich mein innerer Schiedsrichter: füreinander bestimmt, was für ein Unsinn!

„Mein Vater hat sich vor zwei Jahren das Leben genommen", durchbricht sie meine innere Diskussion. Mir stockt der Atem. „Meine Mutter hat es nicht geschafft, sie hat sich nur alle Gräten gebrochen!" Mit diesem Konter ernte ich ein erstauntes Missfallen. Ihre Augen verdrehen sich, es passiert etwas Unangenehmes. Ich habe gerade ein für mich sehr heiliges, empfindliches und verletzliches Kapitel meines Lebens pseudohumorvoll hingerotzt. Aus Schutz. Ich muss die Situation klären. Besser retten. Schnell. Ich überspiele: „Warum, was war vorgefallen?", setze ich nach. „Das Geschäft! Die Bank hat ihm den Hahn zugedreht, obwohl genügend Aufträge da waren und das Geschäft davor schon von seinem Vater, also meinen Großvater, geführt worden war! Es lag ihm mehr am Herzen als alles andere. Es war zu viel für ihn, er ist einfach gegangen!" „Dann bist du ja ein Waisenkind!", sprudelt es aus mir heraus. Ich erschrecke selbst über meine Feststellung. Wir schweigen – als hätten wir eine gemeinsame Trauerarbeit nachzuholen. Ich bemerke, dass ich ihr nicht noch mehr auf die Füße treten will, und finde für den Moment nicht den Mut, weiterzufragen. Die Zeit scheint stillzustehen. Dann durchbreche ich die Stille. „Schau, meine Mutter und auch mein Vater waren zwar nicht ganz weg, haben sich aber auf ihre Art auch nur einen Dreck um mich gekümmert!", versuche ich ziemlich naiv zu trösten. „Ich musste mir meine Idee vom Leben irgendwie selbst zusammenbauen!" Und jetzt brilliere ich mit einem Wissen, das ich kürzlich beim Zahnarzt auf einem Kalenderblatt gelesen hatte und mit meiner Erfahrung aus dem Verkehrsstau kombinieren kann! Nichts passiert ohne Grund, alles scheint sich zu fügen und zum rechten Zeitpunkt präsent zu sein, wenn wir auf „Empfang" gehen. „Denn für das Leben gibt es keine Gebrauchsanleitung! Das ist mir aufgefallen, als ich in meiner alten Karre eine Reparaturanleitung fand, die ich zwar auch nicht kapiere, aber wenn ich mich hineinarbeiten würde, könnte ich einige Tipps daraus ziehen. Im Leben geht das nicht!" Jetzt lacht sie wieder: „Du bist echt ziemlich süß, geradezu naiv!" Bingo! Klasse, mit Speck fängt man ... ach was, Klappe zu! Es läuft also gut. Ich versuche weitere Gehirnwindungen zu mobilisieren, um wenigstens mittelmäßig begehrlich zu wirken, um mich – nach dem naiven Jungchen – wieder als gestandener Mann darzustellen! „Hoho, ich kann aber auch ganz anders!" „Na, das habe ich an deinem Hilferuf gesehen!" Wir lachen beide herzlich. Unsere Hände berühren sich. Mit diesem ersten Mal ist es für mich gefühlt auch wie beim ersten Date. Als hätte ich vorher nie eine andere Frau kennengelernt. Ich bemerke, dass es nicht nur an ihrem attraktiven Äußeren liegt, das diente nur für den ersten Kontakt. Es sind tatsächlich die inneren Werte, über die wir Männer uns so gerne lustig machen: „Die inneren Werte trägt meine Süße auf der Brust!" oder so. Hier in diesem Kaffeehaus an einem wackeligen Bistrotisch mit quietschenden Stühlen und schlechter Beleuchtung fühle ich mich gerade wie auf einer kleinen Insel, auf der es an nichts fehlt. Heimatgold?

Einfach wunderbar. Die Fülle eines mutmaßlich neuen Lebens macht mich ganz schwindelig. Ich bin mir nicht ganz im Klaren darüber, wie dies alles seinen Weg genommen hat. Ich werde auch das Gefühl nicht los, dass sich diese Situation synchron zu meiner bewussten Entscheidung, mein Leben zu klären, einschwingt. Nahezu spielerisch finde ich zu einer erwachsenen Beziehungsform, ganz ohne aktives Zutun. Diese Frau passt zu mir wie ein Schuhlöffel zu einem Schuh. Und genau das ist es. Ich schlüpfe hinein in unsere Gemeinsamkeit, bin wie in einem feinen passenden Kokon aus bestem Leder. Ankommen. Neugeboren. Als hätte ich ein Stück Seelenheimat gefunden, einen kleinen Hafen in der großen unbekannten See. Keine schnelle Nummer oder flüchtige Begegnung, bei der „Mann“ am liebsten gleich nach der zweiten Stunde wieder gehen möchte. Diesmal ist es das Gefühl von mehr.

Es lohnt sich, ein Buch darüber zu schreiben.

# Zweitausenddrei. Es.

Ich benötige Luft. Frische Luft. Ich schlendere durch die Straßen der Stadt. Alles ist laut. Vieles kommt mir viel zu nah und von guter Luft eigentlich keine Spur. Aber wenigstens ist sie erfrischend kühl. Ich bin etwas zu luftig angezogen, denn der Wind bläst mir bestimmt unter meinen Rock. Der Jahreszeit des nahenden Winters angemessen. Winter, das Ende eines Jahres, gleich dem Ende eines Lebens. Welche Fragen stellt man sich wohl im Winter des eigenen Lebens? Wünscht man sich, anders gelebt zu haben? Tauchen plötzlich die Dinge auf, die man hätte tun sollen? Genauso wie die Sachen, die man lieber hätte lassen sollen? Wer sagt, was richtig und wichtig ist und war? Mein eigenes Spiegelbild begleitet mich in einem endlos langen Schaufenster einer Luxusmodemarke. Alle Schaufenster sind stylish und entsprechend reduziert gestaltet. Eine ideale Spiegelfläche. Dachten die Dekorateure, dass es entlarvend ist, sich selbst zu sehen, möglicherweise so unzufrieden zu sein, um dann sogleich neue Kleider zu erwerben? Amüsante Idee. Ich grinse verschmitzt und damit lache ich mich selbst an. Was gefällt mir eigentlich an mir? „Schön, wie groß ich bin!“, sinniert es in mir. Meine weiblichen Formen sind nicht so üppig vollendet wie die der Schaufensterpuppen, aber diese sind ja auch Kunstprodukte.

Zugegeben, mein graues Kostüm ist etwas aus der Mode gekommen. Ein Zeichen dafür, dass ich bereits länger zu wenig auf mich achte. Ein Indiz für die nachgeburtliche Mutterverblendung, nach einem ehemals anspruchsvollen Job in der Unternehmensberatung. Damals – vor nicht allzu langer Zeit – hatte ich die Männer um den Finger gewickelt. Heute passiert es mir oft, dass ich mich im Vergleich zu anderen Frauen, die wahrscheinlich keine Kinder haben, minderwertig fühle. Ich habe zwei Kinder auf diese Erde gebracht und fühle mich minderwertig? Welche Ironie! Was raunt da gerade um mich? Und was in unserer Gesellschaft? Sind Frauen weniger wert oder machen wir uns nur selbst zu Subjekten, die sich minderwertig fühlen? Ich will weder Subjekt noch Objekt sein. Keine Position in einer Statistik, die ich früher selbst so gerne vor unseren Big-Shots, so nannten wir unsere besten Kunden, präsentiert hatte. Wie kleinkariert ist das denn? Wer glaubt denn heute noch an eine Statistik? An einen Punkt in einer Grafik? Eine Kunstfigur bin ich bestimmt nicht. Ich bin keines anderen Produkt, darauf hatte Vater immer Wert gelegt. „Mach, was du willst, darin wirst du gut sein!“, waren oftmals seine Worte, deren Tragweite und Offenheit ich als Kind nicht im Geringsten erfassen konnte. Aus meinem Lächeln wird jetzt eine ernste Miene. Was ist aus dem kleinen Mädchen in mir geworden? Was hat mein Leben mit mir gemacht? Bin ich die geworden, die mein Vater erwartet hat? Meine Mutter? So ein Quatsch, es geht doch um mich! Ich sehe nun älter aus als noch vor den Geburten. Auch das macht mir zu schaffen. Und mit dem eigenen Älterwerden kann ich meine Eltern immer besser verstehen. Älterwerden ist nichts für Feiglinge und oftmals fühlt man sich inmitten vieler jüngerer Menschen ganz schön isoliert.

Seit langer Zeit habe ich mir heute mal wieder ein paar Vormittagsstunden herausgenommen. Die Kinder sind „verräumt". Und mein lieber Mann? Ist im Büro. Gut so. Keine Schuldgefühle. Ich atme erneut tief durch. Wie schwer ist es, sich um sich selbst zu kümmern? Warum vernachlässigt man sich selbst am allerersten und allermeisten? Aus meinen Augenwinkeln sehe ich mein Spiegelbild immer noch neben mir laufen und muss erkennen, dass ich mich ziemlich haltlos und wenig graziös bewege. Wenig damenhaft. Ich strecke mich ganz bewusst, gewinne wieder etwas an Form und mit der Veränderung meiner Körperhaltung macht sich gleich ein wunderbar kräftiges Gefühl breit. Aufgerichtet. Ein längst vergangenes Gefühl. Mein Körper aktiviert Stolz, tief in mir. Natürlich war dieses längst vergangene Gefühl gerade aus meiner Zeit in der Unternehmensberatung, aber es ist echt. Stolz ist ein echtes Gefühl. Lange verborgen. Ich strecke mich erneut und versuche das Gefühl zu manifestieren. Wenn ich dieses Gefühl kenne, dann müsste es doch auch möglich sein, es zu konservieren! Was für eine geniale Idee! Ich bleibe ganz bewusst stehen, atme noch tiefer, spüre, wie die Luft meinen Körper aktiviert. Ich schließe die Augen und bin seit Langem wieder einmal im Moment. Ich spüre meine Füße am Boden. Meine Zehen sorgen für Balance und meine Fersen geben mir Halt. Ich fühle mich wohl, in mir kribbelt es und es durchzieht mich ein warmes angenehmes Beben. Es geht also doch. Ich kann mich in meiner Haut wohlfühlen, auch wenn nicht alles im Außen so ist, wie ich es mir wünsche. Auch wenn mein Vater schon viel zu früh am Ende seines Lebens steht. Ja, ich habe das Recht, mich wohlzufühlen. Was für ein verzauberndes Gefühl. Und genau jetzt, wo ich bereit bin, dieses schöne Gefühl sich weiterhin ausbreiten zu lassen, stocke ich. Ich bemerke, dass ich zu vielen Gedanken nachgehe, und öffne wieder die Augen. Mein Blick schweift einmal um 360 Grad, um sicherzustellen, dass mich niemand beobachtet. Schon wieder bin ich weit weg von mir und bei anderen, die mich beobachten könnten. Natürlich beobachtet mich „kein Schwein".

Es enttäuscht mich nicht, ganz im Gegenteil, es erfreut mich, unsichtbar zu sein. „Und? Was jetzt?", fordert mich mein innerer Verwaltungsrat zur Tat auf. Mein Blick fällt auf einen wunderbar geschmückten Eingang. Frische Blumengirlanden hängen von der schmalen Eingangsdecke, so wie man sie aus Hawaii kennt. Ich war noch nie auf Hawaii, aber so habe ich es mir vorgestellt. Als ich näher trete, schnuppere ich den Duft frischer Lilien. So kraftvoll, dass der Geruch fast schon künstlich anmutet. Er zieht mich in seinen Bann. Als ich noch näher komme und wie von magischer Hand geführt in aller Neugierde eine erste Stufe nehme, steht neben mir, scheinbar aus dem Nichts erschaffen, eine wunderhübsche, rothaarige Frau. Im Gegensatz zu mir wirkt sie sehr entspannt. Sie ist deutlich kleiner als ich. Ihr Outfit moderner und gleichwohl sportlicher als das meinige. Genau, es ist die flauschig sanft-graue Yogawäsche, in die ich am liebsten auch gleich hineinspringen will. „Schön, dass Sie hier sind! Sie sind die Letzte für unseren ersten Durchgang, kommen Sie bitte herein!“ Erster Durchgang? „Ich denke, es handelt sich um ein Missverständnis“, berichtige ich und will mich entschieden auf dem Absatz umdrehen. Doch sie hält mich mit ihrer kleinen warmen Hand so behutsam zurück, dass ich nicht anders kann, als an Ort und Stelle stehen zu bleiben. „Wir haben seit gestern unsere Neueröffnungswoche und heute Vormittag unseren ersten Durchgang zum Yoga auf Probe! Seien Sie herzlich willkommen! Alle Damen, die sich angemeldet haben, sind gekommen und nun sind wir mit Ihnen komplett!“ Sie strahlt mich so freudig an, als wäre sie gerade dabei, einem kleinen Kind seinen größten Geburtstagswunsch zu erfüllen. „Ja, aber – ich habe mich gar nicht angemeldet!“, verpflichte ich mich zu klären und bemerke, wie mein Mund vor Aufregung ganz trocken wird. „Umso glücklicher dürfen Sie jetzt gerade sein! Es ist ein Geschenk! Möchten Sie es empfangen?“ Ich bin sprachlos. Der Duft der Blumen, die warmen Hände, die elfenhafte Ansprache ... alles vermittelt eine solche Geborgenheit, dass ich nicht anders kann, als mich geschmeichelt und eingeladen zu fühlen. Und genau das ist es doch eigentlich, was ich wollte. Genau das hatte ich mir noch vor wenigen Minuten vor dem Schaufenster mit stolzem Gang gewünscht. Sie hat recht. Es ist ein Geschenk, wie auch immer herbeigeflogen. Ich fühle mich beschenkt. Das Leben ist so unplanbar und gleichzeitig so liebevoll, wenn man es sehen kann. Ich trete ein.

Und tatsächlich, es sitzen bereits sieben Frauen auf sieben lilafarbenen Yogamatten und blicken mich erwartungsfroh an. Durch mein Eintreten erhalten sie einen neuen Orientierungspunkt und können entspannt von ihrer eigenen Aufregung ablenken. Eine achte lilafarbene Yogamatte wartet darauf, eingenommen zu werden. Ich bin urplötzlich von der Straße gefischt und mitten in einem fremden Yogastudio zur Attraktion geworden.

„Was tue ich hier eigentlich?“, frage ich mich und mache mir schon wieder Sorgen darüber, was andere über mich denken könnten. Schrecklich. „Entschuldigung!“, stammele ich. Aber für was eigentlich soll ich mich entschuldigen? „Ich bin nicht angemeldet!“, versuche ich mich selbst zu beruhigen, obwohl es weder vonnöten ist noch meiner Aufgabe entspricht. Es ist wieder dieser Anpassungsautomatismus, der sich im Gewand überschwänglicher Freundlichkeit zeigt. „Wir sind komplett, unser Kreis darf sich jetzt schließen und damit ist alles so richtig, wie es eben jetzt gerade ist!“ Ich blicke zu meiner neuen Vertrauten. „Es ist. Und du bist!“, schwingt die sanfte Stimme meiner Yogalehrerin durch den Raum. „Ich darf mich vorstellen, mein Name ist Suzan, ich komme aus New York und habe dort meinen Yogameister getroffen und mich belehren lassen. Welch Glück für mich und euch, denn ich darf es nun hier, in Deutschland, weitergeben. Ich bin verheiratet und habe drei Kinder und einen liebenswerten Mann!“ Ich bin geplättet. Entspannung geht also auch mit Kindern? „Du hast noch keinen Yogaanzug!“, hilft sie mir sogleich. „Darf ich dir einen anbieten und gleichzeitig deinen Namen erfahren?“ „Sybille“, antworte ich und sehe meine Hände automatisch in ein Verkaufsregal greifen, das sich hier gleich am Eingang des Yogaraumes präsentiert, wo genau dieser Wunderkuschelanzug zum

Verkauf hängt. „Diesen hätte ich gerne!“, höre ich mich sagen und schaue dabei nicht einmal auf den Preis. Gut so. Ein sehr befreiendes Gefühl. Leben hat keinen Preis, außer unser aller Tod. Leben an sich ist rein und „kostenfrei“. Nur wir selbst bestimmen den emotionalen Wert, lebender oder unbelebter Lebensaspekte, die von individueller Bedeutung für uns sind. Meist – wenn wir unseren eigenen Wert einschätzen – immer zu niedrig. Doch wir sind mehr. Viel mehr als unser Körper und wir sind mehr als der Preis, den wir für uns aufzurufen glaubten! Woher kommen diese so freien philosophischen Gedanken plötzlich? Ich bin erstaunt. Alleine die hier für mich neue Atmosphäre scheint etwas in mir zu bewegen.

Ich ziehe mich im Nebenraum aus, streife alle Kleider ab, als wären sie eine alte Haut, die es abzulegen gilt. Ganz besonders liebevoll ziehe ich mein neues Outfit über meinen vernachlässigten Körper und empfinde ein solches Wohlempfinden, dass meine Augen feucht werden. Tiefe Berührung. Verflogen ist die Aufregung, die mich noch vor Minuten umwob. Es ist wunderbar zu fühlen, wie sich ganz bewusst Äußerliches über Innerliches erhaben macht. Die Erregung, etwas abzustreifen und etwas Neues überzuziehen, ist gigantisch. Ich häute mich. Alleine dadurch fühle ich mich innerlich so beweglich und flexibel wie ein Reptil. Es hat etwas Majestätisches. Ich beginne meinen Körper nicht nur bedeutend zu fühlen, sondern auf eine ganz neue Art zu entdecken. Gerne will ich ihn wieder mehr schätzen, ihn pflegen, ja, ihn sogar huldigen. „Körper, ich verspreche dir, dich jetzt nicht mehr zu vergessen ...!“, ein schöner Gedanke. „Bitte nimm auch du

Platz und lass uns beginnen!“, fordert mich Suzan auf. Ich tue, wie mir befohlen und strahle innerlich vor Glück.

„Wir beginnen mit einer kleinen Visualisierung, einer Traumreise, gewissermaßen einer Reise zu deinen Elementen und zu einem Vertrag, den du vor langer Zeit geschlossen hast!“, flüstert Suzan in den Raum. „Vor dem Yoga möchte ich dich von Altem befreien, damit wir unserer Stunde, nein besser, deiner ganz persönlichen Stunde“, sie spricht uns alle mit „Du“ an, „eine ganz besondere Widmung geben können, vielleicht deinem Bedürfnis nach Neuem entsprechend!“ Ich bin verzaubert von ihren Worten und folge ihrer Stimme, als hätte sie mich schon immer gerufen. Glück. Zufriedenheit. Was will ich mehr? „Lass uns beginnen. Lege dich nun auf deine Matte und schließe deine Augen!“, lädt sie uns ein und ich folge ihren Worten. In meinem Kopf beschäftigt mich der Gedanke, dass ich noch vor einer Viertelstunde auf der Hauptstraße „meiner“ Großstadt stand und ich mich nun, eben nur wenige Minuten danach, in einem neuen Yogaanzug auf einer lila Matte liegen sehe. Umgeben von mir unbekannten Frauen und dem nicht schwächer werdenden Duft frischer Lilien. Das Leben hat nicht nur Geschenke, das Leben ist ein Geschenk! „... und während du die Matte unter deinem Körper spürst ...“, logge ich mich wieder in das Geschehen ein, „... spürst du, wie sich dein Körper immer wohliger anfühlt. Einatmen, schwerer werden, ausatmen, das Gefühl des Einsinkens!“ Ja, ich sinke ein. „Und nun lasse einfach, ganz natürlich, ohne Erwartungen und ohne Zutun einen Ort auftauchen, an dem es dir ausnehmend gut geht. Einen Ort der Fantasie oder einen Ort, den du schon kennst. Er taucht jetzt vor deinem inneren Auge auf. Jetzt!“ Sie befiehlt und ich erschaffe mir in Bruchteilen einer Sekunde einen Platz, den ich nicht kenne, an dem ich aber schon immer sein wollte. Es wird mir warm, der Atem durchströmt meinen ganzen Körper, jede Zelle wird genährt mit einem Bild, das ich in diesem Moment zum ersten Mal sehe. Mein Herz pocht wild vor Freude. „Und wenn du diesen Platz gefunden hast, dann nimm auch dort mit deinem inneren Auge Platz, ganz freudig und selbstverständlich, denn dieser Platz ist jetzt dein!“ Ja, hier bin ich geborgen. „Spüre, wie dein Gesäß den Boden berührt, wie du dich innerlich mit Mutter Erde verbindest und gleichzeitig aufgerichtet bist. Du bist verbunden im Hier und Jetzt!“ Ich bin glücklich. Nichts mehr benötigt es gerade als diese wenigen Worte, um zu mir zu kommen. Ich tauche immer tiefer ein. So einfach ist das also?

„Und nun, da du es dir hier ganz bequem gemacht hast, blicke dich um. Was kannst du entdecken? Was hören? Was riechen? Und jetzt, wo du diese Fragen hörst, kannst du fühlen, wie in dir eine zarte Flamme erscheint. Sie ist erst ein Hauch und durch liebevollen Zuspruch deines Herzens kannst du sie weiter entflammen!“ Alle Alltagsgedanken sind verflogen. „Diese Flamme wird nun immer größer, denn es ist das Licht der Einheit. Du bist nicht alleine, du bist verbunden. Und du kannst diese Verbundenheit fühlen, denn nun weitet sich diese Flamme und durchstrahlt deinen ganzen Körper, jede Zelle.“ Ich atme tief ein und ganz weit aus. So intensiv und bewusst, als hätte ich nie zuvor geatmet. Es fühlt sich so neu und so jung an. „Und während du dieses Licht in deinem ganzen Körper fühlst und ihm nachgehst, kannst du weiterhin wahrnehmen, dass sich dieses Licht in Form eines Strahles auch nach unten erweitert, es zieht sich wie eine Wurzel hinein in Mutter Erde und verbindet dich mit ihr. Du bist getragen!“ Was für ein Gefühl, es ist so jungfräulich und doch altbekannt. Als hätte ich es schon einmal als ganz kleines Kind in mir getragen. „Dieses Licht, das dich nach unten verbindet, durchströmt nun – beginnend in der Mitte von Mutter Erde – deinen ganzen Körper. Und wenn du dieses Licht fühlst, wie es deinen Körper durchströmt und dich trägt, spürst du, wie es am höchsten Punkt deines Kopfes austritt und dich mit aller Energie, die von unten in dich hineinströmen darf, auch nach oben verbindet. Du bist von Mutter Erde getragen und mit dem Universum nach oben verbunden. Atme tief ein und weit aus und spüre diese Verbindung durch dich!“

Ich bin in einer anderen Dimension. Nie zuvor habe ich mich so einlassen können, mich so hingeben können. Jetzt begreife ich zum ersten Mal den Begriff Hingabe. So oft hatte ich darüber gelesen. Ich war ursprünglich entsetzt, warum sich Frauen „hingeben“ sollten. Ein ordentliches Missverständnis. Nun erlange ich einen völlig neuen Blick auf meine Emotionen. Nicht das körperliche Hingeben war damit gemeint. Es gilt, die weibliche Seite in mir zu erleben und mir damit eine innere Bereitschaft zu erlauben, mich hingebungsvoll zu spüren. „... Jetzt ist es so weit!“ Ups, habe ich etwas verpasst? Wo sind wir gerade? Am liebsten würde ich die „DVD“ noch einmal zurücksearchen, aber ich bin ja live „on air“. Was war? Ich beginne zu denken und „Shit!“, damit verliere ich das wunderbare Gefühl der Hingabe. „Und du wirfst deine innere Flamme mit einem magischen Handstreich aus deinem Körper, die wie durch ein Wunder ein großes Lagerfeuer vor dir entflammt!“ Okay, Kapitän, ich bin wieder an Bord der „MS Emotion“. Ich muss grinsen, selbst mein alter Humor kommt wieder zurück, „... und während du in dieses wunderbare und magische Feuer blickst ...“, mein Feuer ist so unbändig groß – was könnte ich da alles verbrennen? All den alten Scheiß, den man sonst nie losbekommt. Jetzt war der richtige Zeitpunkt, alles und jeden, den ich nicht leiden konnte, – doch ich werde unterbrochen. „... schwebt von oben ein Blatt Papier hernieder. Und wie durch ein Wunder kannst du es auffangen wie eine Feder und genau jetzt – du spürst dieses besondere Blatt in deinen Händen – greifst du es und erkennst, um welches wichtige Dokument es sich hier handelt!“ Ich bin sehr gespannt, noch sehe ich nichts vor meinem inneren Auge, bin mir aber emotional der Wichtigkeit dieses Papiers bewusst. Mir wird noch wärmer. Was war es für ein Pamphlet? „Denn es beschreibt einen Pakt, den du ehemals geschlossen hast!“ Ich werde noch neugieriger! „Dieses Blatt ist dein Seelenvertrag!“ Ich schlucke unweigerlich. „Ein Seelenvertrag, der dir früher dienlich war, er hat ehemals dein Überleben gesichert, aber heute, heute ist er hinfällig. Du brauchst ihn nicht mehr. Lies, was darin steht, und erkenne, mit wem dieser Vertrag zu tun hat!“ Diese Worte dringen noch nicht vollständig in meine Ohren, da taucht Dad auf, mein Vater. Mir schießen die Tränen aus den Augen. „Vater, welchen Vertrag habe ich mit dir?“ Ich denke sofort an meine Kindheit, wie sehr ich doch bei meinem

Vater zu sein liebte. Obwohl er so selten da und für mich da war. Oder gerade deshalb? Macht Abwesenheit Menschen begehrlich? Mit Mutter konnte ich nie so wirklich viel anfangen. War das ein Pakt? Ich höre die Stimme im Hintergrund. „... und derjenige, der mit deinem Seelenvertrag zu tun hat, sitzt jetzt mit dir am Feuer." Ich staune. „Schau ihn jetzt an!" Ich sehe Dad, mich ganz klein neben ihm. Wie er mir aus seiner Zeit der frühen Werbejahre in Deutschland erzählt, als aus Reklame langsam Werbung wurde. Später hat er sich selbstständig gemacht, mit all dem Wissen aus den großen Werbejahren. Gerne wäre ich auch in die Werbung, aber heute ist alles etwas anders. Mediengestalter haben die Grafiker abgelöst und nichts ist mehr so wie früher, meint Dad. Die Tastatur habe die Filzstifte ausradiert, die Computer ganze Produktionsprozesse ersetzt. Und nun ist Dad angekommen, am Ende seines Lebens. Aus meinen ersten verhaltenen Tränen wird mehr, ich weine kräftiger. Was kann ich tun? Viel zu früh. Was können wir noch erleben? Heute ist Tim, mein Mann an meiner Seite und nun taucht auch er am Lagerfeuer auf. Was hat er denn jetzt hier verloren? Mein Dad grinst am Lagerfeuer. Jetzt zeigt er auf ihn, als würde er ihn mir vorstellen und mir signalisieren, dass er ihn nun ablöst. Mir meinen eigenen Mann präsentieren? Bewegend. Ich muss wieder tief durchatmen und meine Tränen stoppen, als ich bemerke, dass meine Ohren im Liegen schon ganz voller Tränen gelaufen sind. Jetzt ist mir klar, warum Ohren so gebaut sind: perfekte Tränenbehälter. Ich freue mich schon wieder und es schwant mir. Ich blicke auf das Papier und erkenne den Pakt. In ganz besonderen Lettern steht geschrieben: „Ich bin nur dein Vater!“ Nicht mehr und nicht weniger! „Und er ...“, er zeigt wieder auf Tim, „... ist dein rechtmäßiger Mann an deiner rechten Seite! Ihm hast du eure Kinder geschenkt und hast ihn zum Vater und dich zur Mutter gemacht. Damit schmiedest du den Ring weiter und mit deiner neuen Familie lebt auch unsere Liebe weiter!“ Oh Gott, ich kann mich nicht mehr halten, ich pruste laut los. Reiße spontan die Augen auf, schrecke hoch und gleichermaßen zurück in die Sitzposition. Alle anderen liegen noch mit geschlossenen Augen im Kreis auf den Yogamatten, als würden sie schlafen. Niemand weint außer mir. Sofort versuche ich, meine Tränen zu stoppen, reiße mich zusammen so gut ich kann. Wie immer. Die Stimme von Suzan durchbricht meine Trauer. Sie legt ihre Hände auf meine Schultern, ganz liebevoll. „Du bist noch nicht in Frieden, noch nicht in Balance! Es ist ein Weg vor dir, ein wunderbarer Weg!“, ergänzt sie, bevor ich schon wieder Vorsorge betreibe, ob ich einen solchen Weg überhaupt schaffen kann. „Ein Weg ins Licht, in Frieden mit unseren lieben Menschen, die uns für immer umgeben, auch wenn sie nicht mehr unter uns sind!“ Als könne sie Gedanken lesen! „Das Körperliche ist nicht das Wesentliche, wenngleich dein Körper wesentlich ist!“ Ich bin verwirrt. „Du musst dich jetzt nichts fragen!“ Fragen sind anscheinend deutlich in mein Gesicht geschrieben. „Es muss nicht gut werden, weil schon alles gut ist!“ „Es gibt nichts zu verstehen, deine Tränen sind das Zeugnis deines Gefühls. Sei zu Dank bereit!“ Ich schniefe weiter wie ein kleines Mädchen. Dennoch werde ich ruhig.

Solche Worte hätte ich mir mal von Mutter gewünscht. Ich atme ruhiger. „Und wenn du jetzt Raum für dich benötigst, dann nimm ihn dir einfach!“ Ich höre nur zu. „Du musst nicht weiter an dieser Probestunde teilnehmen! Ich freue mich, dich bald wieder empfangen zu dürfen!“, entlässt sie mich mit einem guten Gefühl. Neue Erkenntnis: Ich bin in Ordnung, auch wenn ich Gefühle zeige. Das ist neu für mich. Ich fühle mich großzügig und liebevoll angenommen. Kein billiges Verkaufsgespräch über einen möglichen Sonderrabatt zur Neueröffnung und der Fingerzeig auf die rechts unten zu tätigende Unterschrift auf einem Jahresvertrag. „Danke, Suzan, ich freue mich, dich in meinem Leben kennengelernt zu haben!“ Solch Ausdruck von Herzlichkeit war mir in den letzten Jahren abhanden gekommen. Ich genieße die wiederhergestellte Stille, weil wir beide alle diese Worte geflüstert haben, um die anderen nicht zu stören. Ich gehe nahezu lautlos und federleicht in die Umkleidekabine und ziehe nur ungern meinen „Strampelanzug“ aus feinstem Cashmere aus und schlüpfe wieder hinein in die Sybille von vor einer Stunde.

Die Zeit war viel zu schnell vergangen. Ich spüre wieder die Enge meines Kostüms, das meine Enge im Alltag repräsentiert. Bisher unbemerkt. Wie wohl war mir doch in meinem neuen „Yogastrampler“ und in welche Welt hatte er mich abtauchen lassen! Meine Alltagskleidung fühlt sich plötzlich wieder so streng, so hart, so unemotional an. Kleidung, die ich nicht für mich gekauft habe, sondern eigentlich immer mehr für andere. Um anderen Menschen zu gefallen, dem Trend zu entsprechen und oberflächlich Frau zu sein. Angepasst. Seit gerade eben weiß ich, dass sich wahre Weiblichkeit anders anfühlt. Nicht nur Schönheit kommt von innen, was uns schon früher die Werbung versprach. Dass auch eine Mutter „nur“ eine normale Frau ist, wird mir gerade bewusster als je zuvor. Auch wenn ich mit vielem nicht einverstanden bin, was meine eigene Mutter so veranstaltet hat. Oftmals das fiese Gefühl hatte, von ihr ganz egozentrisch verletzt worden zu sein. Aber wie konnte ich das Leben schenkende Prinzip der „Weiblichkeit“ jemals anzweifeln? Woher mag das kommen? Frauen gleichen sich immer erst einmal mit ihren Müttern ab. Was sollen sie auch anderes tun? Mutter ist die erste Frau im Erleben jedes Kindes. Oft bleibt der Wunsch nach Orientierung dennoch unerfüllt. Daran scheitern wir im späteren Leben. Zu Recht, denn keine Frau auf dieser Erde muss wie ihre eigene Mutter werden und schon gar nicht deren unerfüllten Sehnsüchte leben. Noch schlimmer, wenn Frauen in Vorstandsetagen die besseren Männer werden wollen. Wir sind das nicht. Wir alle sind Klassefrauen, die durch die Kraft einer möglichen Geburt sogar über Leben und Tod bestimmen können. Punkt. Durchatmen. Ich fühle mich neu und unfassbar stark. Ich ziehe meine Schuhe an. Das feine braune Leder schmiegt sich um meine Füße und wärmt. Ich habe tatsächlich kalte Füße bekommen. Angst, im wahrsten Sinne des Wortes. So viele geballte und liebevolle Erfahrungen in einer Stunde. Es fühlt sich an, als hätte ich in der vergangenen Stunde mehr über mich erfahren als in den Jahrzehnten zuvor.

Das Yogastudio verlässt eine andere Frau als die, die es betreten hatte. Ich fühle mich – unterstützt durch intensiven Räucherstäbchengeruch – auch innerlich bereinigt. Yoga als Fluchthelfer aus dem leidlichen Alltag. Es funktioniert. So einfach geht das. Klingt fast banal. Egal. Ich mache mich auf den Weg, eine neue Sybille zu werden, die der alten aus der eigenen Kindheit am besten zu Gesicht steht. Ich bin wild entschlossen, so zu werden, wie ich sein kann, wenn ich endlich die bin, die ich wirklich bin. Ich betrete ein Modegeschäft. Namenlos. Keine Topmarke, kein Brand, für das Dad einmal gearbeitet haben könnte. Mode war sein Steckenpferd in der Werbung. Nein, ich wollte ich sein, ohne Namen auf dem Etikett. Einfach nur ich. Pur ich.

# Neunzehnhundertdreiundsiebzig. Er.

Ich bin beseelt, glücklich, zufrieden. Der folgende Abend erklärt sich einfach: schlafen. So lange, bis mich meine Mutter in andere Sphären holt. Was doch so alles in einem Traum möglich ist! Wir stehen gemeinsam in einem leeren Zimmer. Und dieser Raum ist blau, blau wie ein Ozean. Eingebettet, als würde ihn das pure Meer umschmiegen. So ein imposantes Bild erhaschte ich bisher nur aus einem beeindruckenden Bildbericht über unergründete Unterwasserwelten aus „LIFE“, einer amerikanischen Zeitschrift. Das Magazin direkt aus den USA musste natürlich in unserer deutschen Reklameagentur ausliegen. Das gehörte fortan zum guten Ton einer nun internationalen Werbeagentur. In diesem inhaltlich sehr kargen, aber dennoch ausdrucksstarken Zimmer gibt es auch eine Türe, unspektakulär weiß mit einem Türgriff aus Metall. Und durch diese Türe tritt jetzt allen Ernstes meine leibliche Mutter herein. Eine Spur zu selbstverständlich. Ich stehe inmitten dieses Raumes, nur bekleidet mit einem Shirt und einer kurzen Hose. Als ich auf meine Füße blicke, sehe ich, dass ich barfüßig bin. Mir wird warm. Ich spüre den Boden unter meinen nackten Füßen. Sand schiebt sich durch meine Zehen. Sie bewegen sich auf und nieder, verlieren den Kontakt zum Boden und gewinnen ihn wieder. Ein Rhythmus. Nervosität macht sich breit. Wir stehen uns jetzt also in diesem leeren Zimmer im Abstand von ungefähr zwei Metern gegenüber. Hätten wir Colts, würden wir jetzt ein Duell austragen. „Mutter, es gab vieles in meinem Leben, das ziemlich gut gegangen ist! Aber es gab auch einiges, das nicht so gut war, und manches hat auch mit dir zu tun! Denn nicht alles war leicht für mich!“, beginne ich plötzlich zu sprechen und ich kann fühlen, wie wesentlich mir diese heilgeschwängerten Sätze sind. „Es gibt manches, mit dem ich nicht einverstanden war und heute noch nicht bin!“ Ich blicke sie an, wir stehen uns noch immer gegenüber. Auge in Auge. Muss ihr weiterhin mitteilen, was mir im Leben so viel Kummer bereitet hat. Ich hole tief Luft. „Mutter, irgendwie war es zu viel für mich. Zu viel an Verantwortung, zu wenig Kind sein dürfen. Es ist ja vielleicht nicht deine Schuld, aber ...“, ich stocke, „ja, Mutter, manches hättest du wohl besser mit Vater klären sollen, damit ich spielen hätte können wie ein unbedarftes Kind!“ Und dass ich ihr in dieser Hinsicht nichts schuldig geblieben bin, denn ich war eben „nur“ ihr Kind. „Mutter, ich bin dir nichts schuldig, du bist mir etwas schuldig geblieben! Und heute ...“, spreche tatsächlich *ich* diese Worte? Ich erröte vor Scham, „... gebe ich dir all das zurück. Ich trage meines, das zu mir gehört, und du trägst bitte deines, was zu dir gehört und eben nicht zu mir!“ Wow, nach diesen gewichtigen Worten, die ich so bestimmt nicht an meine leibhaftige Mutter gerichtet hätte, macht sich eine große Entlastung breit! „Und – ich möchte uns endlich wirklich entbinden! Ich möchte uns freisprechen von all den Versprechungen und Verpflichtungen, die wir uns auferlegt haben. Und,

Mutter, lass uns vergeben!“ Ich erkenne meine eigene Stimme nicht wieder! „Und am meisten, ja, am meisten vergebe ich mir hier und jetzt selbst.“ Diese Worte, die durch mich sprechen, kosten mich enorme Energie, sie schaffen mich. Woher kommen diese Worte? Ich fühle mich fremdgesteuert, fremdbestimmt, aber gleichzeitig so klar, so aufgeräumt. Ich habe die Büchse der Pandora geöffnet. Doch entwich ihr entgegen ihrer Sage nichts Schlechtes, sondern etwas für mich Notwendiges, längst Überfälliges. „Ich vergebe mir, für alles das, was ich mir angemaßt habe, um zu genügen!“, höre ich mich mehrmals sagen. Ich bin doch klar bei Sinnen und dann ein solcher Traum. Was ist denn da los? Wer legt mir diese heiligen und heilenden Worte in den Mund? „Denn ich vergebe mir all das, was ich mir selbst zugemutet und aufgeladen habe und das nicht zu mir gehört! All die Dinge, mit denen ich mich belastet habe, um noch mehr Verantwortung zu übernehmen und dafür Liebe und Anerkennung zu erhalten. Doch es ist Schweres, das nicht zu mir gehört, sondern zu dir, Mutter! Ich habe es nur an mich gerissen, weil ich mir deine Wertschätzung und deine uneingeschränkte Aufmerksamkeit wünschte!“ Sie blickt mich verständnislos und vorwurfsvoll an. „Und heute werde ich uns entbinden ...“, spreche ich unbeirrt weiter, „... denn ich löse jetzt unsere destruktiven Verbindungen!“ Und plötzlich sehe ich, wie ich auch physisch auf eindrucksvolle Art und Weise mit meiner Mutter verbunden bin. Seltsame rosafarbene Stoffstricke, die einer Nabelschnur gleichen, verbinden uns. Fast etwas abstoßend, als wären diese Schnüre alt und vertrocknet, aber sie halten uns immer noch zusammen!

Unfassbar, ich war geboren, aber bis heute nicht entbunden! Noch immer fühle ich mich meiner Mutter über alle Maßen verpflichtet. Das soll jetzt ein Ende haben! Ich durchtrenne die Verbindungen mit einer mächtigen Schere und spreche dabei den Satz: „Mutter, jetzt entbinde ich uns von all dem, was uns wirklich belastet!" Ich atme tief durch, sehe ihre ängstlichen Augen, sehe in ihnen die Angst, mich zu verlieren, für immer hergeben zu müssen. Ich nehme all meinen Mut zusammen und durchtrenne alle destruktiven Verbindungen! Es durchflutet mich eine unbeschreibliche Inspiration von Unabhängigkeit! Urplötzlich bin ich frei und es ist so einfach! So einfach, dass ich es noch gar nicht glauben kann! Es ist eine solche Leichtigkeit, eine emotionale Bewegung gleich einem Abheben. Es sind Gefühle, die ich das letzte Mal in frühester Kindheit empfunden habe. Geprägt von Sorglosigkeit, Unbeschwertheit und einer unendlichen Neugierde. Verwoben mit dem unbändigen Drang nach Leben. Ich fühle mich wie neugeboren. Ich bin wirklich frei, das erste Mal in meinem Leben! Es ist also noch nicht zu spät! In dieser Freude übersehe ich fast das silberne Licht, das mich nun durchströmt. Es strömt ein am höchsten Punkt meines Kopfes, den ich ganz deutlich wahrnehmen kann. Jede Zelle meines Körpers wird durchflutet und ich kann jetzt auch sehen, dass meine Mutter von diesem silbernen Licht durchflutet wird, denn alles wird immer heller und heller, und während ich mich in meinem neuen Zustand der Veränderung fühle, wandelt es sich in violettes Licht. Die Kraft der nun folgenden Erneuerung ist unbeschreiblich. Dieses violette Licht wird gefolgt von einem roten, wie die Farbe der untergehenden Sonne. Dieses Licht fokussiert sich in meinem Herzen – träume ich weiter? Und aus diesem Licht tief in meinem Herzen entspringt urplötzlich eine rote Rose. Ich bin verwirrt, aber der „Film“ geht weiter. Wie durch eine ganz besondere Magie gesteuert und geführt überreiche ich nun diese Rose meiner Mutter. „Auch wenn wir uns heute entbunden haben, jeder die Verantwortung für sein eigenes Tun und Handeln übernimmt, ändert dies an unserer Liebe – von Sohn und Mutter – nichts. Und als Zeichen meiner Liebe überreiche ich dir diese Rose!“ Ihre Augen verändern sich. Ihre Augen glänzen. Wie durch ein Wunder taucht hinter ihr meine Großmutter, also ihre eigene Mutter, auf. Mutter dreht sich um und überreicht Großmutter meine Rose. „Schau Mutter“, sagt sie, „das ist die Rose meines Kindes als Zeichen seiner Liebe und ich möchte sie dir weitergeben, auch in Liebe, denn ich möchte nun auch mit dir Frieden schließen!“ Und plötzlich werden meine Leichtigkeit und Freiheit noch größer, ja, unbegreiflich groß. Alles beginnt in mir zu fließen, eine nahezu unerträgliche Glückseligkeit. Wie in einem Kitschroman steht plötzlich meine neue Liebe neben mir. Ich blicke ihr in die Augen: „Jetzt bin ich da, als Mann. Und wenn du möchtest, dann können wir die nächsten Schritte gemeinsam durchs Leben gehen, ich freue mich darauf!“ Sie antwortet: „Ich mich auch!“ Heilung. Friede. Glocken läuten. Aus dem Läuten wird ein zermürbendes Ringring. Das Klingeln wird eindringlicher und lauter. Mein Wecker reißt mich aus dem Schlaf.

Es ist schon halb acht. Ich muss ins Geschäft! Kaum zu glauben, der Traum war perfekt echt. Voll krass, diese „Predigt“.

Und das Fantastische daran ist, dass ich mich immer noch so frei fühle. Es ist eine tiefe innere Freiheit. Eine Freiheit, die nicht meinem Kopf entspringt, sondern tief in meinem Inneren einfach geschieht. Punkt.

Ich springe auf und sehe im großen bodentiefen Badezimmerspiegel immer noch meine Wampe, doch auch das war ein Quäntchen anders geworden. Ich betrachte mich. Kurze Schlafanzughose, kein Oberteil. Brusthaare in ausreichender Menge vorhanden, rote Augen, blasse Haut. Trotzdem gut. Ein tiefer innerer Prozess, der mir in dieser Nacht, in diesem so andersartigen Traum geschenkt worden war. Mit welcher höheren Energie war ich verbunden? Wie konnte das sein? Was war passiert? Wie konnte es sein, dass diese innere Befreiung, die ich mein Leben lang gesucht hatte, einfach so kam, unverhofft, unerwartet? Ich grinse und jetzt zeigt sich mein Lachen auch im Spiegel. Ich verstehe eigentlich nichts mehr, aber es fühlt sich so verdammt gut an. In der neuesten Ausgabe der „Science“ hatte ich über gigantische Computer des Deutschen Rechenzentrums in Darmstadt gelesen, die ein sogenanntes Betriebssystem hatten, um überhaupt rechnen zu können. Ich bin meiner Zeit scheinbar endlich einmal voraus, ohne eine genaue Vorstellung davon zu haben, was ein solcher Computer überhaupt leisten kann. Mein innerer Computer wurde heute aktualisiert. Es gibt in einem solchen modernen Gerät faktisch zwei klare Signale: 0 und 1! Starre und Fluss. Wie die Starre der Angst und das Fließen der Liebe? Eigentlich ganz einfach: Angst oder Liebe. Wir alle haben es in der Hand.

Und ich beschreite zum ersten Mal den klaren Weg der Liebe – und genau das verändert mein Leben. Ich habe einen Anfang gemacht und damit ist plötzlich ein gutes Ende in Sicht! Bewusst und entschieden, denn ich hatte mich „scheiden“ lassen. Trennung von Dingen und Taten, die für mich heute nicht mehr gut sind. Kraft *meines* eigenen Willens. Bisher hatte ich immer geglaubt, die anderen müssten etwas für mich tun. Taten sie aber nicht. Denn jeder hatte sein Päckchen zu tragen, wie Großmutter immer so trefflich resümierte. Es ist natürlich mein Glaube, der mein Leben maßgeblich verändert. Meine innere Haltung trage ich immer mit mir herum, wie Linus von den Peanuts sein Schnuffeltuch. Und dieses „Schnuffeltuch“ konnte fatale Folgen nach sich ziehen, wenn es um das eigene Leben geht!

Ich muss ein Buch schreiben.

# Neunzehnhundertdreiundsiebzig. Er.

Was, wenn das Leben nur ein Märchen wäre? Wenn alles möglich ist? Wenn alles das gelingen würde, was ich mir wünsche? Was wäre dann? Was ist dann wirklich anders? In solchen glücklichen Situationen wie im Kaffeehaus scheint das Leben eine märchenhafte Annahme der Wirklichkeit bereitzuhalten. Doch warum eigentlich nur in solchen Momenten? Ist das Leben denn nicht immer lebenswert? Oder sind wir alle nur Glücksmomentesucher und entscheiden despektierlich über den darin liegenden Erfolg oder Misserfolg? Wäre es nicht eine Überlegung wert anzunehmen, alles sei in gewisser Weise von Erfolg gekrönt? Denn es *folgt* doch in jedem Falle immer etwas. Es obliegt ausschließlich uns, über Gut und Böse, über Richtig oder Falsch zu entscheiden. Und genau diese Abwägungen basieren doch nur auf dem Vergleich! Mit anderer Leute Leistung, Können, Haben und Sein? Müssen wir im Vergleich nicht zwangsläufig unterliegen? Gibt es nicht immer jemanden, der irgendetwas besser kann, schöner oder gar gesünder ist? Vergleiche machen uns flügellahm. Mangel. Abgleich mit anderen macht uns nur klein! Groß sind wir im uns Kleinmachen und folglich Schwachhalten. Aber ...! Dennoch benötigen wir ja doch irgendeine Möglichkeit, uns selbst einzuschätzen. Die anderen. Mensch tut gut, Mensch verlässt der Mut. Ein schwieriges Unterfangen. Ein Balanceakt. Wann ist es endlich genug und gut?

Ich hatte die Kurve gerade noch gemeistert, indem ich meine neue Liebe noch eingeladen habe. Eingeladen auf eine „Blaue Nacht“, die erstmals in unserer kleinbürgerlichen Großstadt stattfindet. Ein Mal im Jahr soll nun die Stadt in blauem Glanz erstrahlen, Künstler und Improvisiteure verzaubern die nach dem Krieg langsam wieder aufgehübschte Stadt in ein blaues Meer der Fantasie. Alles scheint in einer solchen Nacht zu neuen Ehren zu gelangen. Jedes Gebäude, jeder Platz ist in Blau verzaubert und darf sich für wenige Stunden einmal von einer ganz anderen Seite zeigen. Ein bisschen wie Karneval. Ganz närrisch, wo sich alltagsblasse Helden verkleiden, um endlich das sein zu dürfen, was sie sich im Leben nicht erlauben. Den Fassaden und damit unserer Stadt tut diese temporäre Verwandlung einfach gut. Es wirkt befreiend, bei all dem Spießertum, das diese Stadt fest im Griff hat. Ein unsichtbarer Keuschheitsgürtel, der eindringende Veränderungen vorzeitig unterbindet. Ja, Blau ist gut.

Wir beide haben uns, wie bedeutungsschwanger, vor einer Kathedrale verabredet. Es ist ein zentraler Punkt, der gut zu finden und sicher nicht zu übersehen ist. Mehr Menschen als üblich strömen zu nächtlicher Zeit um diese wunderbare Kirche. Ein kleiner Terrier pinkelt respektlos an die poröse Sandsteinfassade. Das hochgotische Hauptportal mit seinem schmiedeeisernen märchenhaften Tor scheint einem solchen Treffen den richtigen Rahmen zu verleihen und mein Vorhaben vorzüglich in Szene zu setzen. Das gigantische Radfenster im Inneren direkt über dem Altar ist auch im Außen die absolute Pracht und lässt dieses mächtige Gotteshaus fast bewegt dynamisch anmuten. Mit welchem Einsatz musste ein solches Monument im 13. Jahrhundert erschaffen worden sein? Beeindruckend. Alles, um Glauben zu inszenieren.

Ich komme aus der Reklame und meine natürlich zu wissen, wie man heute glaubhaft inszeniert und eine Frau beeindruckt. Ich habe mich herausgeputzt. Nicht übertrieben, aber auch nicht so, als sei ich nachlässig. Poetisch überreiche ich ihr eine rote Rose, die ich noch schnell am Bahnhof, der nur unweit von unserem Treffpunkt entfernt liegt, zu später Stunde erwerben konnte. Doch sie zeigt sich weder von der Rose an sich noch von ihrem Frischezustand beeindruckt, der mich, gemessen an der späten Uhrzeit, faszinierte. Ist sie überhaupt erfreut? Schon bin ich wieder gefangen in meinen eigenen Zweifeln. Wie kann das immer wieder passieren? Ein Augenaufschlag, nur ein kleiner Augenblick verunsichert mich, lässt mich nervös werden. Bin ich schon so verliebt?

Wir betreten die Kirche mit all ihren blauen Installationen. Dieses herrliche Haus Gottes wirkt von innen noch größer, als man von außen vermutet. Unwillkürlich erinnert mich die Decke an Michelangelos Fresken in der Sixtinischen Kapelle. Gleichzeitig spiegeln mir diese imposanten Bilder, dass ich nie zuvor in diesem Gebäude war, obwohl es mitten in unserer Stadt steht. Schande. Wir schlendern zwischen Hunderten, nein, Tausenden von Menschen umher und trotzdem habe ich persönlich das Gefühl, mit meiner neuen Liebe alleine zu sein. Das typische Liebesphänomen. Kitschig. Passend zum Abend.

Wir lassen uns in den Südflügel treiben, versuchen dem Menschenaufkommen zu trotzen, geben auf und strömen dann doch mit den Massen. Neben den vielen Stimmen, die sich zu einem säuselnden Grundrauschen vereinen, hören wir plötzlich ein Meeresrauschen. Kann ich meinen Ohren trauen? Meeresrauschen in der Kirche? Ich sage erst einmal nichts, vielleicht verhöre ich mich ja? Doch Carmen hört es auch. Und da war es. Mitten in der Kirche. Meeresrauschen. Eine Tonbandinstallation produziert Wellen, die sich in einer Endlosschleife aufmachen, wieder und wieder an einem Strand ins Verschwinden zu eilen. Wir setzen uns und betrachten eine Leinwand, die das Gehörte noch bildlich anregen soll. Wir lauschen. Welle für Welle. Kommen und Gehen. Kommen und Gehen. Kommen und Gehen. Wir sind regelrecht hypnotisiert und schwer beeindruckt. Der Künstler hat es geschafft, uns mit auf seine Reise zu nehmen, wir tauchen ein, Welle um Welle. Erst jetzt bemerken wir, dass über dem blauen Gemälde eine Leuchtstoffröhre hängt, die eine Schrift erleuchtet: „Nebel“. Und im gegenüberhängenden Spiegel zeigt sich die wahre Seite: „Leben“.

Richtig, das unbewusst Verborgene hat wohl die größte Energie in uns. Und Leben begegnet uns dann doch als dichter Nebel. Wir vermögen es kaum, diesen zu lichten, geschweige denn, den wahren, den komplexen Sinn des Lebens zu sichten.

Ich folge meinen Gedanken. Schwelge und ringe nach Worten, um Gesehenes und Erfühltes zu formulieren. Sie ist weg. Plötzlich ist Carmen verschwunden. Unbemerkt hat sie den Platz neben mir verlassen, während ich träumte, und ist nicht mehr gesehen. Was ist los? Habe ich etwas falsch gemacht? Schon wieder suche ich den Fehler bei mir.

Ich mache mich auf die Suche – erfolglos. Ist auch klar, denn in Anbetracht dieser Unzahl an Menschen kann ich sie gar nicht finden. Wo kann sie sein? Welchen Weg geht eine Frau alleine? Toilette? Naive Betrachtung. Pustekuchen. Nada. Nichts. Null. Einfach weg. Ich will mich wieder an den Platz zurücksetzen, doch nun ist er besetzt. Ein Liebespaar liegt sich in den Armen und küsst sich innig. Hey, da sollten wir sitzen, wir küssen und ich sollte ein Mann sein. Herrgott, wo bist du? Ich lasse mich erneut treiben, wie auch Tage zuvor auf dem Parkplatz. Menschen schieben mich weiter und drücken. Ich kann sie nicht finden. Ich versuche, dem Menschenfluss zu entkommen, und springe in eine dunkle Ecke. Plötzlich bin ich hier in diesem für andere fast unsichtbaren Eck, alleine.

Ich freue mich über diese Möglichkeit des Abtauchens, des Unerkanntseins. Es riecht etwas hölzern, wahrscheinlich eine alte Bank, aber auch rein, nach Weihrauch. Hier in dieser Ecke scheint eine ganz besondere Energie zu herrschen. Nur eine Kerze erhellt die höhlenartige Nische und gibt die Umrisse düster schemenhaft preis. Ich entdecke eine Fläche mit vielen kleinen Zetteln. Eingerollt oder gefaltet stecken sie in den Ritzen der Kirchenwand. Es erinnert mich unwillkürlich an eine

Klagemauer. Manche Zettel sind schon zu Boden gefallen. Es sind Wünsche und Gebete. Hier finden sich also Menschen zusammen, die sich an eine höhere Instanz wenden und um Gehör bitten. Gebete. Gibt es Antworten? Wie mögen all diese Menschen merken, dass ihre Gebete erhört werden? Und als ich in meiner ersten Enttäuschung, dass die just für mich gewonnene Frau an meiner Seite nach kürzester Zeit schon wieder entschwunden ist, genau diesem Gedanken nachgehe, überkommt mich ein wechselndes Gefühl von Traurigkeit und gleichzeitiger Glückseligkeit. Gibt es das? Zwei Gefühle zum gleichen Zeitpunkt, in einem Körper? Und plötzlich empfinde ich Demut, hier in dieser kleinen Ecke einer so großen Kirche. Ein Satz kommt mir unwillkürlich in den Sinn, den ich vorher noch nie in mir spürte. Er ist neu, fühlt sich an, wie von einer anderen Welt. Verbunden, anders kann ich es nicht beschreiben. Ich nehme einen Zettel und kritzle im Dunkeln nur eine einzige Zeile: „Du bist die Antwort auf meine Gebete!“ Mir laufen Tränen über meine Wangen. Verhaltenes Schluchzen. Mit diesem kurzen Satz bin ich wie aus heiterem Himmel nicht mehr alleine. Ich fühle mich über alle Maßen getragen und berührt. In diesen Sekunden kann mich nichts mehr umhauen. Ich bin nicht mehr alleine. Phänomenal. Ich stecke den Zettel an die „göttliche Pinnwand“ und verlasse die Kirche.

Was ist da los? Ich meine mit mir. So ganz tief, mittendrin. Auf einmal kein Groll mehr, obwohl es nicht so lief, wie ich es mir wünschte. Eine neue Erfahrung. Wie durch Zauberhand fühle ich mich nicht mehr ungeliebt, auch wenn ich Hoffnung hegte und jemand dennoch gegen meine hilfsbedürftige Vorstellung handelte. Ich empfinde erstmals keine Ablehnung. Geil. Weg vom Ego, hin zu einer bisher nie gefühlten Verbindung. Mit mir. Mit allem. Als wäre ich wirklich eines in allem. Kein Kitsch, kein Quatsch. „Das gibt´s wirklich nicht!“, denkt es in mir und schon laufen meine inneren Kritiker zur Höchstform auf: „Du spinnst doch!“ Aber soll ich jetzt nicht bedingungslos auf die unbedingte tiefe Emotion in mir hören? Auf das Gute in mir und nicht auf den banalen Quatsch in meinem Kopf? Ist es nicht der zarte Hauch eines Gefühls, bevor wieder der Gedanke kommt? Bevor ich mich wieder und wieder kleinmache? Soll ich nicht versuchen, diese traumhafte innere Bewegung einzufangen? „Na klasse!“, jetzt ist es auch schon wieder weg.

Will man etwas festhalten, rinnt es davon. Die Kunst besteht wahrscheinlich im „Gar-nicht-erst-halten-Wollen“. Vielleicht noch besser, erst gar nicht darüber nachdenken und es einfach „nur“ empfangen, wie es eben ist. Akzeptieren. Annehmen, was ist. Nicht fummeln. Das ist es. Das Erreichte im Lassen erleben. Hören meine Kritiker und Zweckrealisten eigentlich auch zu? „Hallo?“ „Hört mal genau zu, ihr ...!“, rede ich mit mir und damit mir selbst gut zu. „Ich spinne?“ Nein, dieses neue Gefühl, von dem ich überhaupt nicht weiß, wie es entstanden ist oder ob es schon in mir „installiert“ war, werde ich inhalieren. Es sackt tiefer in mir ein. Tiefes Einatmen, weites Ausatmen. Verbindung. Ich denke an die Kirche und stelle mir vor, es wäre Gott, der mich gerade in seine Obhut nimmt. Ich fühle mich so beschützt wie nie zuvor. Oder war es ...? „Oh Lord – die skurrile nächtliche Begegnung mit meiner Mutter?“ Weg vom Traum, hinein ins Leben. Wenn das wahr ist, was war dann alles möglich. Ich taumele in einem regelrechten Vollkommenheitswahn. „Was geht ab, Mann?“, rempelt mich ein Penner an. Ich lächele. Danke.

# Am gleichen Tag. Spät. Er.

Ich schlendere weiter durch die Tiefen dieser blauen Nacht. Ein Gefühl von Aufbruch verfeinert sich in mir. Etwas Neues macht sich in meinem Leben auf, mich zu empfangen. Zwischen Himmel und Erde gibt es für mich mehr, auch wenn es nicht greifbar ist. Unbeschreiblich. Eigentlich müsste ich ziemlich zornig sein. Keine Spur. Je mehr Menschen um mich herumschlendern, desto stärker kann ich spüren, dass ich bei mir ankomme, wie es immer so schön heißt. Ich kann beim besten Willen nicht deuten, was, aber es verändert sich etwas in mir. Einfach so, ohne mein Zutun. Schon seltsam. War ich doch früher infantil trotzig und mächtig beleidigt gewesen, wenn ich einfach alleine gelassen wurde. Allzu oft hatte ich genau dieses Gefühl erleben müssen. Als kleines Kind, als Jugendlicher. Jetzt plötzlich kann ich akzeptieren. Ich nehme das, was ist, so an, wie es eben ist. Ein neues Gefühl tiefer Befriedigung. Friede. Diese „Blaue Nacht“ hat für mich so viel Besonderes zu bieten. Dabei ist es ganz einfach, ich musste dem heranziehenden Glück nur einen Stuhl bereitstellen und es zu mir einladen, Platz zu nehmen. So wenig ist also zu tun. Auf einmal verschwindet der Drang, besonders bedeutungsvoll sein zu müssen. Diese neue Befriedigung löst sich einfach auf. Ich bin einfach ich.

Solch ein einnehmendes und ganzheitliches Gefühl, zu mir selbst zu stehen, ist für mich vollkommen neu. Plötzlich bin ich allein vollständig. Hatte ich doch zuvor mein ganzes Tun immer auf einen anderen Menschen abgestimmt, so kann ich in diesem Moment ziemlich gut mit mir alleine sein. Es fühlt sich unendlich frei an. „Krass, ich bin echt frei!“, murmele ich vor mich hin. „Ich bin frei!“, ist meine neue Headline, wie es nun ganz amerikanisch für Titelüberschrift heißt. Tja, mit einem Teil meines Ichs dann doch im Geschäft. Und dennoch fühlt es sich an, als würde ich für mich selbst den Eintrag in ein eigenes Buch vornehmen. „Ich bin frei!“, war eben der erste Satz auf der nächsten Seite. Nein, ich lasse mich jetzt nicht davon abbringen. Und kaum habe ich diesen Satz vor meinem inneren Auge geschrieben, überkommt mich auch schon wieder die Angst, dass dieses außergewöhnlich schöne Freiheitsgefühl gleich wieder vorbei sein könnte. In mir machen sich erneut mein kleiner innerer Kritiker, mein Richter und mein Staatsanwalt allesamt gleichzeitig bemerkbar. Doch diesmal werde ich es zu vermeiden wissen. Ich verbanne diese drei widerlichen Scheißkerle auf ihre Plätze. „Euch drei kleinen Scheißern stehe ich jetzt gerade nicht zur Verfügung. Ihr macht mir oft genug das Leben schwer. Verstanden, basta!“ Uff. Es funktioniert. Schon bin ich wieder Herr meiner selbst. Dieses Gefühl der Freiheit will ich jetzt so lange als möglich konservieren, wie die fetten Ravioli aus der Dose, die ich neuerdings so liebe. Ich komme mir vor wie ein Hund, der nach einer vergrabenen Salami im Garten sucht, weil er jetzt genau weiß, wie die Wurst riecht, und er sich nur noch auf die Suche begeben muss. Und ich bin jetzt zu hundert Prozent sicher, ich mache mich auf die Suche. Ich schwöre.

Und genau in diesem Moment, in dem ich so ganz, ganz nah bei mir bin, möchte ich fast meinen Augen nicht trauen. Tatsächlich reibe ich sie mir reflexartig, als gäbe es etwas hinter diesem Bild aufzudecken. Ich sehe sie wieder. Sie lehnt an einer Säule vor einem Eiscafé und schleckt genüsslich an einem Eis. „Wo warst du? Warum bist du gegangen?“ Aus mir blubbern Fragen wie aus einem kleinen Kind, das Mama gerade im Kaufladen alleine gelassen hat. Ich bin baff, sie hier zu treffen. „Ich dachte, es wäre an der Zeit, dich mit dir alleine zu lassen! Du warst ja wie verzaubert. Diesen magischen Moment wollte ich dir gönnen! Eis gefällig?“ Nun weiß ich wieder einmal nicht, ob ich entsetzt sein soll oder beglückt. Ich atme tief durch. Ganz tief. In jedem Falle bin ich jetzt erleichtert, sie wieder einmal gefunden zu haben. Und warum auch immer habe ich in irgendeiner Form Hochachtung vor ihrem Wesen und ihrer sensiblen Wahrnehmung. Hut ab! Und damit ist der Beweis erbracht: Energie! Es gelingt, wenn wir Menschen die sein können, die wir eigentlich schon sind. Sich dem eigenen Leben in wahrer Größe stellen und sich nicht verstellen. Was soll denn schon passieren? Ich entscheide mich tatsächlich für ein italienisches Eis in der Tüte und blicke ihr in ihre wunderschönen Augen. Haselnuss und Vanille. Meine Knie werden weich. Der Geschmack von Haselnuss macht sich in meiner Mundhöhle breit. Die intensive Beschäftigung mit dem Eis lässt mich Zeit gewinnen. Ich kann einfach so tun, als wäre ich konzentriert, dabei bin ich total verlegen. „Herr

Ehrenleben, ist da jemand zu Hause? Sie haben sich doch gerade entschieden, frei zu sein! Schon vergessen?“, schwirrt es mir ungezügelt durch den Kopf!

In diesem Moment treffe ich eine Entscheidung. Versucht unbemerkt drehe ich mich um und mache mich wieder auf meine ganz eigenen Socken. Wieder wie geführt. Drehe mich noch einmal um, Carmen winkt und lacht zurück. Ich kann mich nicht erinnern, bisher eine so intensive Begegnung erlebt zu haben. Und das, obwohl nichts, aber auch gar nichts Großartiges passiert ist. Weniger ist mehr, so abgegriffen diese Aussage auch ist, die Kraft darin kann ich jetzt spüren. Ich beginne die Nacht zu nehmen, wie sie mir jetzt kredenzt wird. Kühler, feuchter, einsamer. Doch die Stille um mich scheint mit mir ein Zwiegespräch aufzunehmen. Wie in einem Film laufen die Szenen der Zweisamkeit, die ich mit ihr so intensiv erlebt hatte, noch einmal an mir vorbei. Manche huschen, manche bleiben mir eine Weile erhalten. Ich träume. Und mit diesen Bildern zieht es mich mehr und mehr an den Randbereich der Innenstadt. Es wird noch stiller um mich und als ich stehen bleibe, blicke ich durch ein gigantisch großes Fenster in die leere Bar eines Hotels. Nichts ist am Hause sonst so deutlich erleuchtet wie der präsente Ausschnitt dieser Bar. Bis auf zwei Männer ist die Bar leer. Auch kein Barkeeper. Es ist zu spät. Die Uhr hinter dem Tresen zeigt 3 Uhr 22. Stimmt, es ist sehr spät. Der eine Mann erzählt und unterstreicht seine Worte mit Händen und Füßen. Der andere Mann mit einem roten Strickpullover ist davon ziemlich unbeeindruckt. Er liegt mit dem Kopf auf dem Tresen zeigt mir durch eben diesen großen Fensterausschnitt seinen Rücken und scheint stillzuhalten wie ein toter Fisch. Ich höre nichts, doch ich kann wahrnehmen, wie die Worte des anderen durch den Raum fliegen. „Auch eine Lösung!“, denke ich so. Saufen und gegen eine Wand sprechen. Wie oft wollte auch ich mich aus dem Leben trinken. Rettungsboot Alkohol. Tot stellen. Ein wenig Leichtigkeit empfinden lernen. Je länger ich die beiden Fremden betrachte, desto deutlicher blüht meine Fantasie: Beide Menschen könnten eigentlich auch eine einzige Person sein. Der eine Teil lebt und gestikuliert und der andere hat schon aufgegeben. Nein, ich nicht. Ich gebe nichts auf und spüre, wie sich dieses Bild als ein Bild aus meiner Vergangenheit abzeichnet. Als hätte mir eine größere Macht genau jetzt, genau hier dieses Bild auf eine große Leinwand projiziert. Als wolle es sagen: „Da, sieh hin!“

Das Leben scheint eine einzige emotionale Kettenreaktion zu sein. Im festen Glauben, sie selbst inszenieren zu können. Ich erkenne also das Glied von gestern, eben ein Gesternbild. Kein Heutebild. Und auch keine Vorschau. Ich und nur ich habe es in der Hand. Jetzt und nur jetzt. Dieses geschenkte Bild macht mich plötzlich noch glücklicher. Als hätten sich zwei innere Anteile in mir auf ein neues, gemeinsames Gefühl geeinigt. Nein, Engel konnte man nicht sehen, nur fühlen. Engel oder welche himmlischen Helfer auch immer zeigen sich nicht wie zwei mehr oder weniger gesellige Trinker in einer Bar. Engel zeigen sich durch tief energetische Eindrücke, die wir uns selbst in aller Achtsamkeit erschließen dürfen. Wenn wir es schaffen. Oder eben übersehen. Ich bin zufrieden mit mir. Komme mir erhaben vor, blicke umher und drehe mich aus dem Nichts im Kreis. Wie ein kleiner Junge, der in mir wiedererwacht. Ich schmunzele. Und aus dem Schmunzeln wird ein lautes erleichterndes Lachen. Die Männer hinter dem großen Fenster am Tresen sind plötzlich weg. Sie hatten sich nur für mich gezeigt. Ich bin so alleine und doch so verbunden wie nie zuvor. Danke.

Ich schreibe ein Buch.

# Zweitausenddrei. Es und er.

Es riecht nach Desinfektionsmittel. Vor Kurzem habe ich einen Roman gelesen, der von einer Ärztin handelte, die Leichen sezieren musste, obwohl sie doch einen anderen Beruf ergreifen wollte. Aber sie wurde Mutter und musste mit dem fortfahren, mit dem sie beruflich begonnen hatte. Eigentlich betrübte mich dieser Roman. Ich blieb aber dennoch dabei, weil er auch etwas mit mir und meinem Schicksal zu tun hat. Das ist ja oft so. Man kauft ein Buch, sieht eine Fernsehsendung und bemerkt, dass man etwas mit der Darstellerin teilt. Auch ich habe zwei Kinder. Und ich will mein Leben leben und es anders machen als meine Mutter. Sie blieb nicht lange bei meinem Vater. Warum auch immer. Solange ich meine Mutter täglich erlebte, hatten sich beide immer nur um die Abwehr von Schuld gekümmert. Keiner wollte es sein. Keiner wollte nachgeben. Und ich denke, dass auch genau das das Problem war. Sie liebten sich sehr. Glaube ich. Ja und ich denke, ich war auch ein Wunschkind. Nein, ich weiß es sicher. Und das war doch schon mal was. Wer konnte das schon von sich behaupten? Viele meiner Freundinnen mussten immer um die Liebe kämpfen. Mussten dafür eintreten, um die Liebe ihrer Eltern zu bekommen. Bei mir war das anders. Denn nach meinen neuen Erfahrungen der letzten Zeit kann ich heute die

Liebe spüren, ohne mich direkt in das Geschehen meiner getrennten Eltern einmischen zu müssen. Untätig bleiben. Ich liebe meine beiden Mädchen. Und mein Vater liebt mich. Und er liebt seine Enkeltöchter. Fine und Ma mögen aber keine Krankenhäuser. Deshalb bin ich auch am Vormittag hier, wo beide im Kindergarten und in der Schule sind. Verdammt, wie das hier riecht. Ist ja kaum auszuhalten. Wie hält das Vater nur aus? Aber vielleicht bemerkt er es ja auch kaum. In einem so schwachen Zustand ist man wahrscheinlich ganz auf sich zurückgeworfen.

Ich gehe die Gänge des Krankenhauses ganz zügig an. Ich verschwende keinen Blick nach links oder rechts, ich weiß, wo ich hingehen muss: Kardiologie, die Station, bei der es um die Lehre des Herzens geht. Makaber doppeldeutig. Das Schild am Aufzug weist nach links. Es wäre nicht nötig gewesen, den Wegweiser zu suchen, denn ich kenne den Weg schon zu gut. Seit Wochen bin ich hierher unterwegs. Regelmäßig unregelmäßig. Und jeder einzelne Gang fühlt sich an wie die ganze Situation als solches. Im Nebel. Ich fühle mich gleich einer Blase, die bis zum Rand mit Todos, mit anstehenden Aktivitäten gefüllt ist. Ist sie randvoll, muss ich mich nicht um andere Dinge kümmern. Und mit anderen Dingen meine ich auch, Gefühle fühlen zu müssen. Viele Taten verhindern Gefühle. Gefühle für meinen Vater, denn sie könnten mich außer Gefecht setzen. Wie einen Aufzug, in dem ich gerade fahre: „out of order!“. Mutter ist nicht da, logisch, keiner weiß eben, wo sie gerade ist, und dann bin ich es wieder, die den Kopf hinhalten muss. Und das Herz.

Ich liebe meinen Vater und es kann nicht sein, nein, es darf nicht sein, dass das jetzt das Ende ist. Das Ende eines Lebens? Wie meinten die Ärzte nach dem schlimmen Vorfall: „Wir schauen jetzt mal, ob und wie ...“ „Was?“, fragte ich. „Na, ob es ihr Vater überhaupt noch schafft und wenn, dann drängt sich die Frage auf, wie er es schaffen wird. Was noch geht und was eben nicht ... Pflegefall, Rollstuhl ... na, Sie wissen schon!“ Geht´s noch? Das war also die moderne ärztliche Betreuung einer Tochter, nachdem der Vater einen schweren Herzinfarkt erlitten hatte. Infogespräch in drei Sätzen! Antwort in einem Wort: „Blödmänner!“ Wissen Ärzte eigentlich, dass ihre „Kunden“ ebenfalls von menschlicher Natur sind? „Das Herz auf Zimmer 347!“, ist dann ja wohl die medizinisch-organisatorische Bezeichnung meines Vaters. Unmenschlich. Jetzt bin ich doch traurig, bin doch voll im Gefühl.

Ich bleibe stehen, benötige jetzt kurz Zeit. Fine war letzte Woche drei Tage krank und hatte mich in Beschlag genommen. Wie gesagt, ich liebe sie, aber manches Mal werden mir meine eigenen Kinder zu viel. Darf das eine Mutter überhaupt sagen? Sünde? Bei all den Frauen, die gar keine Kinder bekommen können? Als Mutter denke ich oft, nie alles richtig machen zu können. Dieses Gefühl kennen viele Mütter. Eine natürliche Kollekte, damit sind wir wenigstens nicht alleine. Der Club der überforderten, perfekten Mütter. Leicht müsste es gehen. Mutterleicht*. Ich muss unwillkürlich lachen, was für eine schöne Idee. Und jetzt mein Vater. Zu jung zu sterben, zu alt, um sich noch an einen Rollstuhl zu heften? Soll ich ihm den Tod wünschen? Schon wieder Sünde? Was ist los in mir?

Bekomme ich meine Tage? Welche Hirngespinste kreisen da?

Gedanken. Unentwegt. Sind wir doch einmal ganz ehrlich, ranken sich diese hirnakrobatischen Aktivitäten in erster Linie um Probleme. Gedanken suchen Lösungen, finden sie aber nie in der gleichen Menge, in denen mein Hirn Probleme hebt. Ich bin überfordert. Wieder einmal. Jetzt erst einmal eine Zigarette. Seit Vater hier eingeliefert worden ist, habe ich wieder zu rauchen begonnen. Verflixt. Ich hatte vier Jahre der Abstinenz standgehalten. Doch süchtig. Auch nach Leben, nach Freiheit, nach meinem Leben. Weniger fremdbestimmt, mehr ich. Warum fällt das so schwer? Der erste Zug an der Zigarette lenkt mich ab. Am Raucherbalkon stehend wird mir die irre Idee bewusst, dass Raucher im Krankenhaus wie Tiere Raucherbereiche zugeteilt bekommen müssen. Raucherkäfige. Vater hat einmal von einem Erlebnis erzählt, das ihn tief beeindruckt hat. Er hatte Vögel einmal so intensiv betrachtet, dass er sich selbst in einem Käfig wähnte und damals für sich im Geiste die Stäbe gesprengt hatte. Diese mentale Kraft hatte er immer wieder in seinem Leben aktivieren können. Klar, er war ja auch ein kreativer Werber. Solches Denken machte ihn stark. So geht er auch jetzt mit seiner Krankheit um, er ist stark. Sieht hinter jedem Ereignis einen tieferen Sinn. Damals war er noch jung, aber das Erlebnis hat er nie vergessen. Ich spüre, wie das Nikotin intensiv den Weg in meine Blutbahn findet und zuverlässig wie ein pünktliches bestelltes Taxi für Entspannung sorgt. Ein Segen. Und Fluch. Der Raucherbereich ist ein Witz. Ich komme mir vor wie eine artgerecht gehaltene Süchtige, die von den Nichtrauchern argwöhnisch und als mahnendes Beispiel betrachtet wird. Ich schäme mich. In meinen Jahren muss man nicht mehr rauchen. Ob es Vater riechen wird? Mann, und wenn, ich bin eben auch keine zwölf mehr. Aber ein Vater bleibt immer Vater. Egal, wie alt man ist. Und voraussichtlich auch egal, ob er lebt oder eben nicht mehr. Kann man sich Vater und Mutter überhaupt entziehen? Und haben sich Vater und Mutter ehemals auch ihren Vätern und Müttern entzogen? Fragen. Gedanken. Wenig Gefühl.

Als ich mich hier umsehe, fasse ich den Entschluss, in diesem Unwohlsein etwas Positives zu finden. Ich lasse mich inspirieren. Beschließe, mein Scheunentor der verletzten und verschlossenen Gefühle zu öffnen, bin bereit zu empfangen. Ich will mich überraschen lassen, was ich entdecke. Etwas darf mir einen Hinweis geben können. Mein Blick führt mich hinaus von hier oben in den Garten. Mitten umringt von Bänken und Pflastersteinen rankt eine große stämmige Linde. Wie ein Kraftbaum. Wert, gemalt zu werden. Ich sollte wieder einmal einen Pinsel zur Hand nehmen. Der Baum ist so mächtig, dass ich annehme, dass er schon weit vor der Entstehung dieses Hauses stand. Er strahlt eine positive Magie aus. Auch auf mich. Auch aus der Ferne. Ich schließe für mich daraus, dass ich jetzt in meine Kraft kommen darf. Vor dem Besuch noch einmal tief einatmen und die kraftvolle Inspiration der Natur spüren. Es geht mir besser, weil ich bewusster geworden bin. In meiner Wahrnehmung macht der Krankenhausgeruch dem Duft der Natur Platz. Es geht also doch. Man kann sich in eine andere Dimension beamen, wenn man sich entschließt. Klasse. Es vergehen Minuten. Als ich den Blick vom Baum ablasse, wieder nach innen schweife, bemerke ich, dass viele von Kindern gemalte Bilder an der Wand hängen. Ungewöhnlich. Ich hatte sie in den vielen Tagen übersehen. Waren die kleinen Maler „nur“ Kinder oder Patienten? Unwillkürlich denke ich an meine Kleinen. Ja, Vater hat recht. In ihnen lebt die Liebe weiter. Und ein Ende muss kein Ende sein. Natürlich wird es wieder ein Anfang von etwas sein. Endemachen ist etwas zu menschliches, es muss einfach mehr geben. Ich bin beseelt. Es geht mir besser.

Und ich gehe weiter. Leichter. Mir begegnet eine Ärztin. Wenn ich die wäre, hätte ich wahrscheinlich ein Herz aus Stahl. Müsste nicht so viel leiden. Würde weniger fühlen. Ach, wäre ich doch ... Egal. Es ist, wie es ist. Ich kann froh sein, dass Vater noch lebt. Da war es, das Zimmer 347. Ich hole tief Luft. Bevor ich den Türgriff in die Hand nehme, fasse ich einen Beschluss: Alles ist gut, so wie es ist. Beherzt drücke ich herunter. Und als ich die Tür öffne, zeigt sich mir eine wenig veränderte Situation. Vater liegt da. Einfach so. Der Mund weit geöffnet. Er schläft. Wie schon so oft in den letzten Tagen. Ob er wohl träumt? „Vater, ich bin´s!“, flüstere ich vorsichtig ins Zimmer. Obgleich ich weiß, dass er mich gar nicht hören kann. Konnte er mich fühlen? Energetisch? Er öffnet die Augen. Ganz langsam. Ich nehme mir einen Stuhl, der an einem viereckigen Besuchertisch steht, und setze mich zu ihm, streichle ihm seine kühle Hand. Schlechte Durchblutung. Ich küsse sie. Eine ehemals tatkräftige Hand, die noch heute bestückt ist mit vielen feinen Ringen. Selbst im Krankenhaus. Hände, die immer etwas zu schreiben oder zu gestikulieren hatten. Vater hatte immer etwas zu tun oder zu sagen. Meinungslos gab es nicht. Ich streichle ihm über seine Wangen. Er grinst mich an. Ganz vorsichtig und langsam, slow motion. Erstaunlich, er macht einen glücklichen Eindruck. Meine Tränen kullern. Ich lache ihn wieder an. Bin so glücklich, hier zu sein, nicht wissend, wie oft wir uns noch sehen werden. Ich frage ihn, ob er etwas zu trinken möchte, denn seine Lippen sind unglaublich trocken. Er versucht zu sprechen. Als ihm das nicht gelingt, zuckt seine Hand, fuchtelt, als wolle sie mir etwas zu verstehen geben. Dann atmet er tief durch, seufzt. Es reißt ihn kurz – ein Schmerz tief in ihm. Er lächelt und seine Augen schließen sich wieder im Tempo einer Schildkröte, er lächelt auch im Schlaf weiter. Vater scheint ganz bei sich und glücklich.

# Neunzehnhundertdreiundsiebzig. Er.

Ich suche den Weg zurück in den Wald. Wurzeln. Dort, wo ich ehemals so erschöpft und gleichzeitig so offen für alles Neue war. Ein medialer Ort. Wie so oft erfahren wir von dem Wesentlichen erst im Nachgang. Zum Zeitpunkt des Geschehens bleibt uns die Erkenntnis verborgen. Der Ort, an dem wir uns zum ersten Mal trafen, fühlt sich einfach magisch an. Auch wenn die Liebe dem Gestern, der Vergangenheit angehört, haben er, der Ort, und sie, die Liebe, doch einen guten Platz in meinem Herzen. Es fühlt sich wieder an, als wäre ich gerade erst angekommen. Wo auch immer. Es war nur ein Gefühl. Was heißt *nur*? Eben *das* Gefühl entdeckt mich und überkommt mich so, dass ich endlich erleben darf, dass Gefühle mich führend bestimmen dürfen, leiten, erfrischen, entdecken, motivieren ...

Es ist still um mich. Jetzt habe ich den Mut, es still werden zu lassen. Meine Beine kribbeln. Ich spüre die Erde unter mir. Den warmen Lehmboden, der mich so gut mit unsichtbarer Energie von „Mutter Erde" versorgt, so bettet. Hatte ich früher noch Bedenken, mich schmutzig zu machen, fühle ich mich gerade so sauber wie nie. Ich bin verbunden. Das Kribbeln der Beine wird zu einem Fluss in mir. Es fließt unglaublich viel Energie. Ich spüre Neues in mir. Es fließt weiter. Es beginnt zu werden, ohne mein Tun. Ich gestalte, ohne zu gestalten. Es gestaltet mich. Ich bin. Eins. Es fließt weiter und weiter. Mein Körper wird durchströmt von einem neuen Impuls, von einem Fluss, der fast gleich einem realen ist, weil er in mir entspringt. Es fühlt sich nach Wurzeln an. Ich bin in mir verbunden, ohne etwas tun zu müssen. Es ist. Still. Es fließt weiter. In mir wird es immer wärmer. Es erfüllt mich. Fülle. Ich wachse in mir, obwohl ich oder gerade weil ich hier auf der Erde sitze. Es macht sich etwas in mir breit, was ich bisher noch nie in meinem Leben erfuhr. Es wird Licht. Es wird hell. Immer heller. Ich entdecke das Licht in mir. Endlich. Hatte ich doch so lange gesucht. Und nichts gibt es zu tun. Außer ... lassen. Zulassen. Loslassen. Sich erfüllen lassen. Es gibt nichts zu tun, nichts zu machen. Ich erfülle mich selbst. Endlich benenne ich ein Gefühl, sich nicht kümmern zu müssen, nichts tun zu müssen. So sein, ohne etwas zu sein.

Ich schließe die Augen. Vor mir macht sich das innere Bild einer Wiese auf, sich zu einer Festtafel zu wandeln. Wie durch ein Wunder tut sich vor mir ein großer langer feierlicher Tisch auf, wie man ihn nur aus der Werbung kennt. Klar, Werbung. Zustimmend lächelt es in mir. Fröhliche Menschen sitzen um den Tisch und wissen um ihr Glück im Leben. Was war das denn nun wieder für eine seltsame Werbepause? Ehe ich dem Gedanken in aller Fülle nachgehen kann, taucht ein erster Mensch auf und begrüßt mich. „Schön, dass es dich gibt. Danke, dass du endlich gekommen bist, ich habe schon so lange auf dich gewartet! Ich wollte dir nur sagen, dass ich hinter dir stehe und immer hinter dir stand, auch wenn manches nicht so gut gelaufen ist!“ „Das ist Liebe!“ Ich bin berührt und immer tiefer gerührt. „Danke, dass du hier bist!“, höre ich mich mit meiner inneren Stimme sagen und entdecke eine weitere Person, die auf mich zukommt. „Es ist ein Fest dir zu Ehren, mein Lieber! Wir alle sind dir zu Ehren gekommen!“ Ich bin überwältigt. Aber nicht wirklich mächtig, dieser Liebe, diesen lieben Menschen Stirn zu bieten. Geben ist leicht, Nehmen kostet Kraft. Und dann kommt plötzlich jemand, mit dem ich nicht gerechnet hatte: „Mit dir habe ich nun gar nicht gerechnet, hier an meiner Festtafel, die mir zu Ehren gestaltet ist!“, verdeutliche ich. „Auch ich bin gekommen, um dir zu zeigen, dass es etwas Mächtigeres gibt als Unfrieden, Zank und Streit: Liebe!“ Das Wort „Liebe!“ hallt in mir nach wie ein Echo. Und mit diesem Echo auch die Frage, was ich bisher aus Liebe in meinem Leben gelebt habe? Was ging leicht, wie es uns die Natur vorlebt? Leicht wie ein Fluss des Lebens, der nicht fragt, ob heute der richtige Zeitpunkt ist zu fließen. Kein Baum, der keine Lust hat zu wachsen, weil es regnet. Nur wir, nur ich, kann Kraft meines Bewusstseins darüber entscheiden, ob ich Willens bin oder nicht. Ob ich in der Liebe bin oder mich gegen sie stelle und in Angst, Schrecken und Vorsorge lebe.

Hatte ich alles richtig gemacht in meinem bisherigen Leben? Sollte ich mehr Freunde treffen? Weniger arbeiten, mehr zulassen? Gelassen mehr Fehler machen? Viel mehr entspannen? Mehr Risiken eingehen, weil ohne Spiel und Risiko das Leben doch fad ist? Noch mehr verreisen? Mehr Berge besteigen und mehr Flüsse durchqueren? Und vor allem mehr Sonnenuntergänge sichten? Viel mehr Eis und weniger Salat essen? Nur echte Probleme beachten und nicht die vielen eingebildeten? Ein Buch schreiben? Sollte ich weniger Müssen müssen und vieles bewusster dürfen sollen? Würde ich gut daran tun, mehr zu verzeihen und weniger zu kritisieren? Weniger maulen, öfter mal freudig jaulen? Was würde ich gerne Gutes über mich hören, wenn ich die Erde verlasse? Werde ich es überhaupt noch hören können? Am Ende, wenn ich noch einmal leben dürfte, würde ich dann bei vielen Gelegenheiten auffallen und vor allem barfuß gehen, bis zum Herbst? Würde ich vieles einfach schwänzen, mehr Achterbahn fahren und noch viel mehr in der Sonne liegen? Was will ich noch alles sagen? Mit dem Verschwimmen der Fragen verflüchtigen sich die Gedanken, die sich in mir aufbäumen. Ich verstumme.

Ich fühle förmlich, wie sich Wurzeln nach unten in den Boden ausdehnen. Ich bin getragen. Es kann mir jetzt gar nichts passieren. Was für ein großes Gefühl! So lange habe ich gesucht. So lange musste ich darben. So lange musste ich warten. Ohne zu wissen, dass alles schon da ist, da war. Was für ein großes Gefühl! Mächtig. Schicksalsträchtig. Es strömt weiter durch mich. In mir macht sich erneut ein inneres Licht breit. Es ist, als würde eine Flamme in mir aufgehen. Welch zartes Flämmchen und Pflänzchen. Es wächst. Ich lasse es zu. Es ergreift mich. Tränen beginnen zu fließen. Es gibt schon wieder nichts zu tun. Ich bin Gefühl. Pur. Das Licht wird deutlicher, wird zur Flamme. Und damit stabiler. Ich werde stabiler. Es wird wieder ganz warm und hell in mir. Und mit dieser Flamme, mit diesen Wurzeln, verbindet mich plötzlich etwas nach oben. Wie ein kosmischer Strahl, der mich durchdringt, durchströmt. Verbindung. Ich werde connected. Mit mehr. Mit oben. Ich bin getragen und aufgehoben nach unten und verbunden nach oben. Ich bin plötzlich eins. Ein kosmisches Gefühl. Der Strahl durchfließt mich deutlicher. Meine Gefühle werden rein, meine Gedanken klar. Es ist. Geschehen. Ich lasse zu.

Alle Fragen scheinen beantwortet. Denn es gibt keine Antworten, weil es keine Fragen zu geben scheint. Es löst sich. Wir alle sind getragen. Ich kann es spüren. Kleine Kinder tauchen vor meinem inneren Auge auf. Sie scheinen mir plötzlich so rein. Sie sind plötzlich meine Botschafter. Sie sind das reine bewusste Unbewusstsein. Wir alle können von ihnen lernen. Wir alle waren uns damals, ganz klein, nicht bewusst. Doch wir trugen schon alles in uns. Unsere Wünsche nach Liebe, Anerkennung und Zugehörigkeit haben uns natürlich weiter motiviert. Gut so. Aber vielleicht auch getrieben und verführt? Verbunden. Ich fühle mich in allem. Es gibt es wirklich. Ich denke. Fast ist das Gefühl abhanden. Nein, bitte nicht, holt es mich wieder zurück? Lass mich das Gefühl wieder einbringen lassen. Und es erhascht mich erneut, wie ein guter reiner Fang im Meer. Geschafft! Wieder spüre ich diese Verbindung. Es scheint sich unendlich zu reproduzieren, wenn ich es zulasse.

Mit diesem Gefühl wird mir alles gelingen, weil es nichts zu gelingen gibt. Außer Sein. Es ist, als wäre schon alles. Nichts zu tun haben. Es ist ein Spiel. Das Leben ist ein Spiel. Warum nur hatte ich es vorher nicht begriffen? Weil es nichts zu begreifen gibt. Es gibt nur Sein. Und Sein ist ein Gefühl, nie ein Gedanke. Danke. Ich fühle Fühlen. Ich lebe Verbindung. Lass mich. Sein. Angekommen. Heimat.

Es hätte für mehr als ein Buch gereicht.

Ich bin ...

# Zweitausenddrei. Er.

... hier. Da war wieder dieses Gefühl. Zufriedenheit. Ich stehe neben mir und fühle mich doch ganz bei mir. Was für ein famoses und bis in die Tiefe jeder meiner Zellen berührendes Gefühl. Ich öffne die Augen. Sie sitzt vor mir. Pure Liebe. Sie lächelt, hat Tränen in den wunderschönen Augen.

Die Sonne strahlt durch das Krankenhausfenster. Ich schließe meine Augen. Die Sonne wärmt meine Lider. Ich blinzle. Ich sehe wieder meine Freunde. Sie winken mir zu. Ein letztes Mal vor dem großen Sprung. Angst. Ich fürchte mich angesichts des Abgrundes. Diese Höhe macht mich nervös. Ist es doch nur ein magisches Plateau, aber eben in großer Höhe. Meine Beine zittern. Was wird sein, wenn ich springe und eintauche? Nur ein Mal. Ein letztes Mal? Ich fühle meine Füße auf dem gummierten Alu, gleich einem Sprungbrett. Der Vorsprung scheint sich zu bewegen. Meine Füße sind kalt und mein Körper ganz warm. Die Hitze steigt in mir auf. Die Sonne? Ich winke. Ein letztes Mal. Es riecht nach Freibad. Ein Stück kleine Freiheit, die ich riechen kann. Es riecht nach Neunzehnhunderteinundsechzig. Nach Sommer. Nach dem Aufbruch in ein viel zu kurzes Leben. Sprung. Es geht schneller als erwartet. Ich tauche ein. Ins Leben. Die Nase wird durchspült von diesem quirligen Nass.

Während ich eintauche, höre ich Stimmen im Außen, gleich durch das Wasserschnauben des Eintauchens überdeckt. Untertauchen. Sprudel. Stille. Nur noch das Wasser in allen Poren. Um meine Haut. Es ist frisch. Es wird immer kühler. Jetzt bin ich alleine hier. Kein Auftauchen. Abtauchen. Es wird dunkel. Schwarz. Stille. Frieden. Dank.

# Er und es.

Die Krankenschwester durchbricht die Ruhe, die den ganzen Raum so angenehm befruchtet hat: „Herr Ehrenleben, alles in Ordnung?“

Stille. Tränen. Stille. Verbindung. Jetzt. Nur jetzt. Eines. Punkt. Ich bin. Wir sind.

**Am ENDE. Liebe.**

# Danksagung

Mit dieser Erzählung geht für mich ein lang gehegter Traum in Erfüllung. Wort für Wort aus meinem Herzen, basierend auf meinen Erfahrungen aus knapp zwei Jahrzehnten Arbeit mit Menschen. Dass dieses Buch das Licht der Welt erblickt, habe ich Cornelia Linder zu verdanken, die sich Büchern aus Liebe verschrieben hat. Welcher Verlag könnte also besser passen? Danke, liebe Cornelia, für dein spontanes und ermutigendes Vertrauen in mich und meine Arbeit und deinen generellen Mut, dir und uns Autoren eine solch herzliche Nische in dem großen Haifischbecken der Bücherwelt zu erhalten. Die Arbeit mit dir war so unkompliziert und wunderbar unaufgeregt. Deine Anregungen und Änderungsideen immer professionell und einfach passend. Eben in der Liebe – und damit im Fluss.

Dank auch an meinen Kollegen Veit Lindau, der Cornelia und mich durch seine Initiative „Schreibglück" überhaupt erst zusammenfinden hat lassen. Alles passiert aus gutem Grund und zum Wohle des Ganzen.

Und bitte, nicht zuletzt ein ausdrücklicher Dank an dich, lieber Leser, liebe Leserin, die ihr all das erst ermöglicht.

**Am ENDE. Danke.**

# Anmerkungen

Quellenangabe zum Zitat/Gedicht auf S. 73 unten *:
http://rainer-maria-rilke.de/080027panther.html

Seite 135 *:
Mutterleicht® ist ein eingetragenes Warenzeichen. Siehe www.mutterleicht.de

# Vita

**Uwe Pettenberg** ist Autor, (Lebens-) Trainer und Therapeut (HPG). Er ist glücklich verheiratet und hat zwei Kinder.
Uwe Pettenberg coacht und schreibt seit über 15 Jahren, was er selbst als wirkungsvoll erlebt hat. Denn er hat sein eigenes Lebensdrehbuch verändert, indem er seine preisgekrönte Markenartikel-Werbeagentur 2001 veräußert hat und sich seither der Persönlichkeitsentwicklung widmet.

Seine zentrale Lebenstrainingsidee ist die ICHselbstAG®-Methode, die in seinen 4-Tages-Kursen „Du bist der Held in deiner Welt!®" trainiert werden. Sie geht davon aus, dass wir aufgrund des Erkennens der Wirkungen auf uns, unser Leben verändern können. Nicht die Wahrheit ist ausschlaggebend, sondern die Wirkung auf uns und unser Leben.

Vom FOCUS-Nachrichtenmagazin wurde er 2016 zu Deutschlands führendem TOP-Coach im Bereich „Life-Coaching" gewählt. Er ist psychotherapeutischer Heilpraktiker, Systemischer- und Hypnosetherapeut, und Ausbilder „Vier-Elemente-Coach®". Mitglied im Hypnoseverband Deutschland e.V. und dem Deutschen Coaching Verband e.V.

www.pettenberg.de

## Weitere Veröffentlichungen von Uwe Pettenberg

**Bücher:**

**Du bist der Held in deiner Welt®** (Buch)

Best-Off-Verlag, 2012, ISBN 978-3000-217531

Legespiel zum Buch

Best-Off-Verlag, 2012, ISBN-13: 978-3942427623

**Ihr macht mich alle krank!** Wie Familiensysteme uns lähmen und wir uns aus alten Verstrickungen befreien können

Nymphenburger Verlag, 2013, ISBN-13: 978-3485014113

**Das Männer-Prinzip**

Warum die einen glücklich sind und die anderen immer noch suchen

Herbig-Verlag, 2014, ISBN-13: 978-3-7766-2746-6

**Geldfrieden®**

Mehr Geld. Besserer Sex. Weniger Rauchen.

Edition-Octopus, 2016, ISBN-13: 978-3-95645-703-6

**Hörbücher** (als Audio CD oder download):

**Huhn oder Adler? Grenze oder Freiheit?**

ISBN-978-3-9815301-1-7

**Loslassen leicht gemacht.** Kurz-Anleitung für ein befreites Leben.

ISBN-978-3-9815301-2-4

**Geldfrieden®**

Mehr Geld. Besserer Sex. Weniger Rauchen.

ASIN: B06X96GP7N

**MEDITATIONEN** (als Audio CD oder download):

Wecke deine Kraft-Reserven. Verändere dein Leben – Jetzt. (CD)
ISBN-978-3-9813163-5-3

Entfalte Deine wahre Kraft. Besuch bei Deinem Inneren Kind. (CD)
ISBN-978-3-9813163-4-6

Eigene Begrenzungen erkennen.
Zur inneren Kraft der Veränderung finden. (CD)
ISBN-978-3-9813163-0-8

Leben ohne Angst! (CD)
ISBN-978-3-9813163-1-5

Endlich frei I.
Ich entbinde mich von meiner Mutter. In Liebe. (CD)
ISBN-978-3-9813163-3-9

Endlich frei II
Ich entbinde mich von meinem Vater. In Liebe. (CD)
ISBN-978-3-9813163-6-0

Ich helfe meinem Kind!
Heilung für Ihr Kind und die Eltern-Kind-Beziehung (CD)
ISBN-978-3-9813163-7-7

Mein Partner hat mich verlassen! (CD)
ISBN-978-3-9813163-8-4

Mein Körper heilt. Durch Kranksein leben lernen! (CD)
ISBN-978-3-9813163-9-1

Ziele erreichen! Endlich! (CD)
ISBN-978-3-9815301-00

**Michael Weger**

**OCTAGON – Am Ufer der Seele**

**Roman**

Ein Abenteuer in heilenden Worten

*Dieses Buch ist magisch. Es berührt tief, verändert und lässt einen wachsen. Es versammelt tiefe Weisheit in sich und wirkt weit über das Erzählte hinaus. Mit Kraft und Sanftmut, mit Bedachtsamkeit und Humor, mit Berührung und Einkehr. Es ist ein wesentliches, ein heilendes Buch, kurzum ein Roman mit Tiefgang – spirituelle Weisheiten charmant verpackt in eine Abenteuer- und Liebesgeschichte.*

**Zum Inhalt:** Das Octagon – einst die Tempelschule eines weit entlegenen, mystischen Königreichs im Himalaya, hat die Zeiten überdauert. Seine Lehren der acht archetypischen Seelenkräfte, die das Wesen der Menschheit bestimmen, sind mit den Jahrhunderten gewachsen. Paul, ein junger Psychotherapeut, macht sich auf den Weg zu einem unbekannten Ziel, um dort seinem Selbst näher zu kommen. Geleitet wird er durch scheinbar zufällige Fügungen, einen sehr besonderen Stein, abenteuerliche Pfade, die Liebe zu einer Frau und die Hand einer Meisterin. Als er endlich ankommt, beginnt die eigentliche Reise: der Pfad in sein Innerstes. Paul muss acht Lehrtempel mit den jeweiligen MeisterInnen durchlaufen, um am Schluss die letzte Prüfung zu bestehen …

Hardcover, Leseband, ISBN 978-3-931560-61-4

Auch erhältlich als **E-Book** und

**Hörbuch** (MP3-CD) Ungekürzte Lesung des Autors.

ISBN 978-3-931560-62-1

Besuchen Sie unsere Homepage,
dort finden Sie weitere Bücher, Hörbücher und CDs.
Wir freuen uns auf Sie!

**www.sheema-verlag.de**

KONTAKT


**Sheema Medien Verlag**
Bücher. Aus Liebe.

Hirnsbergerstr. 52
D - 83093 Antwort

Tel.: 08053 - 7992952
Fax: 08053 - 7992953

E-Mail: info@sheema.de

http://www.sheema-verlag.de


SHEEMA

MÖGEN ALLE WESEN GLÜCKLICH SEIN